당신이 있기에 나는 행복합니다

당신이 있기에 나는 행복합니다

제1판 1쇄 인쇄 | 2014. 10. 15
제1판 1쇄 발행 | 2014. 10. 17

지은이 | 윤종관
펴낸이 | 박대용
펴낸곳 | 징검다리

주소 | 413-834 경기도 파주시 산남동 292-8
전화번호 | 031-957-3890~1 **팩스** | 031-957-3889
E-mail | zinggumdari@hanmail.net
출판등록 | 제 10-1574호
등록일자 | 1998년 4월 3일

당신이
있기에
나는
행복합니다

윤종관 지음

징검다리

독자에게

    3월의 아침. 얼굴을 씻고 머리를 감고 온 몸을 비누 칠로 흘려 내렸습니다. 그리고 잠시 거울에 비춰진 나를 보니 어느새 내 앞에서 또다시 많은 날들이 지나가 버린 것을 알았습니다.

    그랬습니다. 서울하늘 바라보며 찬란한 미래를 꿈꾸던 산골소년은 어느새 주름진 중년의 아저씨로 늙어가고 있었습니다. 허공에서 하늘거리는 그 무엇을 잡으려고 애쓰며 추억을 안고 사랑을 안고 도시에서 이렇게 늙어가고 있었습니다.

    이것이 인생이려니… 절망하는 가슴을 위로하며 오늘도 나는 노래를 부르고 있습니다. 어쩌면 영원히 미완성의 꿈으로 남을지도 모를 애절한 노래를 부르고 있습니다.

    『사랑해 사랑했어도 당신은 타인. 버리고 떠났기에 무정한 타인. 이제는 두 번 다시 돌아올 수 없는 님. 행복도 눈물 속에 사라져가고. 상처만 남긴 당신 당신은 타인.』

    『못 잊어 가슴 아파도 당신은 타인. 소식도 없는 사람 무정한 타인. 그 언제 만나려나 기약 없는 이별에. 사랑은 파도처럼 부서져가고. 눈물만 남긴 당신 당신은 타인.』

    사람은 누구나 꿈이 있기에 살아갑니다. 미래가 있기에 절망하지 않습니다. 문학을 사랑하고 음악을 사랑하는 나는 지금 삼류무대에서, 연주를 하며 노래를 부르며 아직 끝나지 않은 내 청춘의 빈 잔을 채우고 있습니다.

　행복하세요. 그 어떤 시련이 그대를 힘들게 할지라도『이것이 인생이려니…』힘차게 일어서세요. 씩씩하게 도전하세요. 생명으로 잉태하지 못하고 사라져간 수많은 영혼들 중에 인간으로 태어난 우리는 참 행복한 사람입니다.

　　　　　　　2014년 03월 30일. 인천에서 저자 윤 종 관.

사진 모델 / 金邰燐

차례

chapter 01 비에 젖고 가을에 물들며

chapter 02 나의 산골일기

chapter 03 미완의 꿈

chapter 04 추억이 되어

chapter 01

비에 젖고 가을에 물들며

『사랑해 사랑했어도 당신은 타인.
버리고 떠났기에 무정한 타인. 이제는 두 번 다시 돌아 올수 없는 님.
행복도 눈물 속에 사라져가고. 상처만 남긴 당신 당신은 타인.』
『못 잊어 가슴 아파도 당신은 타인. 소식도 없는 사람 무정한 타인.
그 언제 만나려나 기약 없는 이별에. 사랑은 파도처럼 부서져 가고.
눈물만 남긴 당신 당신은 타인.

우리 이별을 할 때는

눈이 부시도록 아름다운 계절에 만난 우리
서럽도록 눈물이 나는
슬픈 계절에 헤어지는 그런 인연은 되지 말자.
살아가다 언젠가 우리 이별을 할 때는
꽃이 피는 날 나비처럼
아지랭이 따라 하늘대며 그렇게 떠나가자.
남겨진 가슴에 아픔을 주지 말고
너무 슬퍼서 울어야하는 눈물도 주지 말고
하늘 보며 웃고 있는 해바라기가 되자.
살아가다 언젠가 우리 이별을 할 때는
먼 날 또다시 만날 거라고
우리 이 세상에 언약하며 그렇게 떠나가자.

바보

너와 헤어진 오후.
나는 퇴색해 가는 계절처럼
바래버린 인연의 끝에 서있다.

보라색 들국화는
이 마음을 아는지 모르는지
비에 젖어 그냥 웃고만 있는데…

바보다.
꽃이 피던 날
너를 보내지 못한 내가 바보다.

가을 추억

보고 싶은 그대여!
오늘은 몹시 힘겨운 하루였네요.
서럽게 지는 낙엽을 밟으며
오지 않을 사람을 기다리며
온 종일 거리를 서성거렸습니다.

이미 말라버린 낙엽에 입 맞추고
희미한 영혼에 편지를 쓰며
멀리 가버린 추억을 그리워도 했습니다.

사랑하는 그대여!
당신의 가슴에도 가을이 오고 있나요?

이 가을에는 울지 않겠습니다.
다시 사랑하지도 않겠습니다.
당신과의 추억을 하나 둘 낙엽에 실어
억새풀 바람에 날리렵니다.

내 사랑하는 그대여….

사랑하는 그대여!
　　당신의 가슴에도
　　　　가을이 오고 있나요?

경포대에서

그날은 겨울이었다.

내 나이 스물여섯. 나는 어찌어찌하여 알게 된 여자와 강릉으로 가는 고속버스를 타고 대관령을 넘었다. 한 낮이 지나가는 시간이 되어서야 갈매기가 나르고 파도가 밀려오는 경포대 바닷가에 도착했다.

이제 더는 방황하지 말아야지. 이것이 나의 운명이거니 받아들여야지. 나는 나에게 약속을 했다. 그리고 바람이 부는 겨울바다를 배경으로 이 여자와 한 장의 사진을 남겼다.

"행복하게 해줄게 나하고 살자."

지금 생각해보니 참 멋없는 청혼이었다.

1년이 가고 10년이 가고 더 많은 세월이 흘러가고… 처음의 약속과는 달리 나는 지금 이 여자를 행복하게 해주지 못하고 있다.

함께 살며 즐거웠던 날들보다도 즐겁지 않았던 날들이 더 많았던 것 같은 나의 결혼생활. 처음에는 처녀총각 좋았으니 살았고, 조금 지나서는 나를 닮은 아기가 태어나서 살았고, 지금은 아내와 남편이니까 살고 있다.

결혼생활. 모두가 나와 같을까? 그렇지는 않겠지? 수십 년이 지나도 처음과 같이 아니, 그날보다도 더 행복한 사람도 많을테지? 그럴테지?

나는 오늘 빛바랜 사진을 본다. 그날의 우리를 본다. 歲月은 流水와도 같다고 하더니만 어느새 우리 앞에 저 많은 세월이 흘러가 버렸구나. 그날의 약속처럼 행복하게 해주지 못해서 많이 미안하지만 그대! 어쩌니. 이것이 인생인 것을… .

이 글과 사진은 몇 편의 치열한 경합 끝에 최종 선정되었다.
그리고 2011년 05월 23일.
한국방송통신대학교 재학생 172,000여 명이 구독하는 신문에 소개되었다.

내 여자가 아니거든

가슴이 아프다.
마음이 아프다.
영혼도 허공에서 비틀거린다.

세상의 남자여!
내 것이 아니면 탐내지 말라.
내 여자가 아니거든 사랑하지 말라.

세
상
의
남자여!

한 사람을 사랑했네

어쩌다 어쩌다가
우연히도 만난 한 사람.
그 사람의 외로움을 알면서도
반마저도 채우지 못하는 나는… 나는…
당신을 사랑했다고
죽도록 사랑했다고
그렇게 말할 수가 있을까.
살다가 언젠가는
당신의 가슴에
행복이라는 그 이름 새길 날 있을까.
비가 내리면
무너지는 가슴을 움켜쥐고
거리를 떠도는 눈물 많은 한 사람.
그 사람을 나는
사랑했네.

인연이라는 것은

눈물이 난다.
그리 슬플 것도 없는데.
그런데 자꾸만 눈물이 난다.
시작이 있으면 끝이 있듯이
언젠가는 너와 나
마지막이 올 줄은 알았지.
인연이라는 것은
때가 되면 떠나가는 것.
이제는 다시 남이 되어
그때 그 자리로 돌아가는 것.

인연이라는 것은
　　　때가 되면 떠나가는 것.

당신

밤비가 서글프게도 내린다.
지난 날을 그립도록 떠올리며…

여름날 당신을 알고
빗물 같은 사랑을 하고
어느 날 나에게 이별을 청해왔지.

"당신 나 없어도 잘 살 수 있지?"

아직도 내 영혼을 붙잡고 있는
나에게 눈물을 알게 한 당신.

나쁜 비

동이 트는 아침,
그대의 가슴에 얼굴을 묻고.
나의 긴 두 팔로 당신을 끌어안고.
그리고…
그리고…
꿈을 꾸었지.
은하를 달리는 기차를 타고
아침이 오는 바다를.
얼마쯤일까.
지붕을 내리치는 둔탁한 빗소리에
나는 꿈을 깨었지.
나쁜 비.

꿈을 꾸었지.
기차를
타
고.

봄

긴
겨울의 옷을 벗고 있는
지금은
스산한 혼돈의 계절.
거리의 나무도
거리의 사람도
저마다의 꽃을 채비한다.
하늘만큼 땅만큼
그리고
바닷가의 모래알만큼.
그만큼 나를 사랑했다는
당신의 진실 같은 거짓말,
그
거짓말마저도 꽃이 되는
지금은
봄.

이제는 이별을

그래
이만큼 사랑했으면 됐다.
이만큼 아파했으면 됐다.
당신과 나
인연이 아니라면
이제 더는 나를 울리지 말자.

그 많은 세월,
가슴이 저리도록 부여잡았던
안타까운 그 모든 것을
이제는 놓을 줄도 알아야한다.
이제는 보낼 줄도 알아야한다.
이제는 그래야만 한다.

아물 수 없는 상처
그것이
내가 당신을 사랑한 죄라면
애당초 사랑하지 말 것을.
이별이 이렇게 두려운 것이라면
애당초 사랑하지 말 것을.

당신의 하늘

이제 다시는
오지 않을 사람인줄 알면서도
날이 새면 기다리는 사람.

이슬 같은 두 눈으로
기린처럼 목을 빼고
오늘도 당신의 하늘을 바라본다.

멀리에 있지도 않지만
너무도 멀리에 있는 사람.
보이지도 않지만
언제나 눈앞에 보이는 사람.

기린처럼
　　목을 빼고.

슬픈 사랑

내가 부르고 싶은 서글픈 이름이여….
내가 기억하고 싶은 이슬 같은 눈물이여….
한 시대의 어두운 추억과 목이메인 상처만을 남긴 채
이제는 막을 내려야 한다.

영화처럼 아름답지도 못했고
동화 속처럼 행복하지도 못했다.

평생을 흘려야할 눈물을 반쯤은 쏟았고
죽어도 받을 수 없는 고통을 우린 너무 쉽게 체험하며,
사랑이라는 가슴 벅찬 이름으로 영혼마저 찢으며
초라한 종착역을 앞에 두고 슬프게 서있다.

가슴이 저미고 눈물이 흐르지만
이제는 더 이상 부를 수 없는 이름이여….
백년이 지난 후 눈을 감고 다시 만난다고 하여도
숨결을 느낄 것 같은 따스한 사람이여….

슬피 우는 새처럼 소리 내지 못하고
목이 메어 절규하며 가슴으로 그 이름을 부를 때
당신은,
행복해야 한다.

우리는 처음부터 타인이었다

그랬지.
너와 나는 다시 남남으로 돌아갔지.
우리가 모르던 그날처럼.

어쩌니.
우리는 처음부터 타인이었던 것을.

만약에 언제일까
내가 너를 다시 만난다면…
그런다면…
나는 너를 기억할 수 없었으면 좋겠어.

비가 내립니다

비가 내립니다.
거리에도 바다에도 나의 작은 가슴에도.
이렇게 비가 내리면
지나간 날의 흩어진 추억들이 생각이 납니다.
바다가 보이는 낯선 곳에서
우산도 없이 어둠을 헤치던 날들하며
창문을 두드리는 가슴 시린 소리의 허공에 얼굴을 묻고
밤새 비에 젖던 그 날들이 생각이 납니다.
작은 섬이 보이는 강가의 쓸쓸한 까페에서
금방이라도 눈물이 쏟아지고
울음이 터질 것 같은 외로운 모습으로 술잔을 들던 그 날이
가슴 저리게 그립도록 생각이 납니다.
가로등 희미한 골목길에 하얀 비 내리던 날,
멀리서 들려오는 교회당 종소리가 미웠던 그 날도
비에 젖은 얼굴이 그렇게도 내 가슴을 아프게 하던 날이
지금은 돌아올 수 없는 추억이 되어서 나를 울립니다.
비가 내립니다.
오늘도 그 날처럼 그렇게 비가 내립니다.

우리는 中文學徒

십삼 억.
그 수를 헤아릴 수 없는
中國人이 말하고 있는 말들을
익히고 있는
우리는,
자랑스러운 中文學徒이여라.

멀지 않은 날에
北京에서 上海에서,
많고 많은 사람과 사람들 속에서
얼굴을 높이 들고 현실에 마주할
우리는 그런
中文學徒이기도 하여라.

아픈 시련과
고통스러운 갈등 속에서도
來日의
希望의 아침을 맞이하기 위하여
우리는 지금,

분발해야 할 때이기도 하여라.

사랑과
열정을 가슴에 안고
힘차게 進步하는 中文學徒여!
그 이름도 길이길이 永遠하여라.

검정고시 인은 인연입니다

주경야독을 하며
역경을 극복한 의지의 사람들…
전국 검정고시 동문들이여!
우리에게 모교는 없습니다.
그러나 뜨거운 인연이 가슴에 자리하고 있습니다.
상상속의 근사한 학교가 영원히 머물고 있습니다.
꿈을 위해 질주하는 식어지지 않는 열정이
그림 속의 캠퍼스
우리학교에서 힘차게 고동치고 있습니다.

빈잔

6年 6個月.
나는 참으로 길었던 그 時間을 忍耐했다.
卒業狀을 받아들고
기쁨보다는 허전한 마음으로 學校를 나선다.
나에게 많은 날 希望을 주었던 여기를…

아직도 나의 가슴은 빈잔.
붓고 또 붓고
술잔에 술이 넘치듯이 가득하게 채워야 한다.
어차피 우리의 人生은 빈잔 이지만
그래도 나는 멈추어서는 안 된다.

졸업

길었던 시간
가버린 날들이 꿈처럼 아련하다.
신입생 환영회를 시작으로
가장이라는 중요한 임무를 수행하며
나는 멀리에 있던 여기에 왔다.

이것이 인생일 테지.
삶이란 이런 것일 테지.
"공부하는 사람은 언제나 청춘이다."라고 했지.
졸업은 또 다른 희망의 시작
나의 인생에 졸업이란 없다.

이제는 이미 추억이 되어버린 어제를
가슴 한 켠에 남겨두고
나는 다시 더 넓은 세상에 도전하련다.
나를 철들게 했던 우리 방송통신대학교.
나는 여기를 영원히 잊지 못할 것이다.

미안해

봄이 시작되는 이른 아침에 거리에는 비가 내린다.
지나간 세월을 뒤돌아보니 눈물이 난다.
어쩌나.
어찌할 수 없는 지금의 나를.

너는 아니?
내가 왜 이러는 지를?
나는 나를 모르겠어.
내가 왜 이러는 지를.

내 삶의 언저리에는 늘 소나기가 내리고
너의 두 눈에는 눈물이 마를 날이 없었지.

"미안해."
너와 헤어지고 돌아서며 하는 말이다.
그래서
나는 지금 내가 너무 밉다.
너에게 상처를 주고 절망을 주고 그리고,
이렇게 돌아서 후회 하는 내가 난 지금 너무 밉다.

4월의 노래

화사한 공기 사이로
하얀 꽃잎 사이로
4월이 이렇게 가고 있다.

이제 오늘은
언제 다시 돌아오려나.

하늘이 닿을 듯 높은 거기.
구룡령 산꼭대기에
다시 4월이 오면,
하얀 눈꽃 위에 새겨진 얼굴
그립도록 떠오르리.

그대!
보고 싶은 얼굴이…
그대!
기억하고 싶은 이름이….

새벽 비

비가 내린다.
밤이 새도록 비가 내린다.

주룩 주룩… 후두 둑 후두 둑…
지붕을 두드리고 창문을 두드리고
가슴을 두드려
나는 정녕 잠을 청할 수가 없다.

어두웠던 밤은 기어이 가고
아침이 밝아오는 창문을 본다.
힘들었던 시간 속에 갇혀
지치도록 젖어버린 나를 본다.

그날 밤

참 행복했던 밤이었어.
촛불처럼 타버리는 시간이
안타깝게 흘러가는 시간이
나를 까맣게 잊게도 하는.

희미한 가로등 아래
나의 심장을 두드리던
당신의 그윽한 눈빛이 좋았어.
따스했던 당신의 손길이 좋았어.

헤어지는 시간은
언제나 나를 힘들게 했지.
돌아오는 저문 길은
그날처럼 불빛이 마중했지.

사랑은 유리창 뒤에

사랑은 슬프고.
사랑은 괴롭고.
사랑은,
유리창 너머에 흐르는 빗물처럼
그렇게
아픈 얼룩을 가슴에 그리며
사라져 가는 것.

사랑은,
　빗
　　물
　　　처
　　　　럼…

사랑의 맹서

여름이 지나가던 날,
빗방울이 떨어지고
하늘의 별은 보이지가 않는데
가로등 희미한 불빛이 스며들던 창가에
눈물은 멈출 줄을 모르고 흘러내렸다.
사랑의 끝이라는 이별을 앞에 두고
언제까지나 영원 하자던 사랑의 맹서가
그렇게 또 그렇게 가슴을 울리며
시간과 함께 떠나가고 있었다.
언제 온다는 기약도 없이
다시 온다는 약속도 없이
그냥 그렇게 떠나가고 있었다.

그런 날 있겠지

그래.
너도 그런 날 있겠지.
오늘을 회상하며
회한의 눈물을 흘리며
나를 기억하고 싶은
너도 그런 날 있겠지.

밤하늘의 색소폰

　여름의 마지막 뜨거운 태양이 사정없이 작열하던 한낮이 지나갔다. 적막한 골짜기에 외로움을 한 아름 안고 어둠이 성큼성큼 밀려오고 있다. 한 폭의 풍경화 펼쳐있던 낮과는 또 다른 세상에 나는 서있다.

　"그것이 뭐냐?"

　금색으로 반짝거리는 악기를 꺼내자 어머니가 나에게 묻는다.

　"색소폰이라는 거예요. 어머니 심심할 때 불어드리려고 가져왔어요."

　『머나먼 남쪽하늘 아래 그리운 고향. 사랑하는 부모형제 이 몸을 기다려. 천리타향 낯선 거리 헤매는 발길. 한잔 술에 설움을 타서 마셔도 마음은 고향하늘로 달려갑니다.』

　색소폰을 구입하고 처음으로 연습했던 곡이다. 나는 이 노래를 마당에서 골짜기를 향하여 한 곡 연주했다. 어두운 밤하늘에 나의 색소폰 소리가 메아리를 남기며 크게도 울려 퍼졌다.

금강산

"수정 같은 맑은 물이 누운 폭포를 이루며 구슬처럼 흘러내린다고 하여 『옥류동』이라고 한다."라고 쓰여 있었다. 내가 이 천하의 명산 금강산에 왔다가 그냥 갈 수가 없어서 구룡연을 바라보며 나도 한 수 읊었다.

금강산

괴암 괴석이 산과 계곡을 만들고… 초록의 맑은 물이 강이 되어 흐르고… 미인을 닮은 금강송이 그 자태를 뽐내니, 아~ 입이 저절로 열린다. 금강의 정기에 숨이 차다. 보이는 명산에 눈이 부시다.

보이는 명산에.

빗물에 띄우는 편지

오늘이 저물어 가는 이 저녁
어둠이 밀려오는 밤에 비는 내리고
젖어드는 그리움에 나는 편지를 씁니다.

먼 곳에 있는 당신에게
1년에 한 번 어쩌면 두 번,
다행히 그리 볼 수 있는 당신에게
이 저녁 나는 편지를 씁니다.

허공을 가르고 떨어진 빗물을 바라보며
내 가슴속에 남아있는 눈물은 얼마일까
나는 고개 숙여 들여다봅니다.

당신과의 만남이 아픔으로 물들여지고
상처로 얼룩진다고 하여도
슬퍼 울어줄 눈물이
아직도 나에게 남아있다면,
나는 당신에게
아낌없이 눈물을 흘리렵니다.

그런 날이 있었습니다

이유 없이 눈물이 흐르고
가슴이 미어지고
끝없이 침몰하던
그런 날이 있었습니다.

몇 날 잠을 자도 눈이 감기고
머리가 아연해 오고
아무런 기억도 없던 회색의 세상
그런 날이 있었습니다.

오지 않을 사람을 기다리며
밤새 창가에 앉아서
가슴 시린 바람소리에 절망하던
그런 날이 있었습니다.

그래서 사는 거야

나는 잠 못 드는 새벽
나에게 묻는다.
"너는 왜 사느냐?"고…

나는 대답을 못한 채 아침이 밝는다.
"살아 있으니까 사는 거지."
쉽게 대답해 버릴까.

어느 날 문득 내가 던진 질문에
나는 대답을 못한 채
또 하루의 새벽을 맞는다.

나는 내가
왜 사는지 조차도 잊어버린 채
앞만 보고 달려가는 가련한 사람.

또 다시 새벽이 오면 대답해야지.
"왜 사느냐? 면,
살기 위해서 사는 거지.

아니야,
죽음을 준비하기 위해서
그래서 나는 사는 거야."

어느 날 찻집에서

긴 머리 하얀 얼굴.
사랑의 눈동자로 바라보는 사람은
찻잔을 앞에 놓고 마주앉은 사람은
어데서 만났던가 낯설지 않은 사람.

검은 머리 검은 눈동자
검은 옷을 입은 사람.
그 사람은 어쩌다가 지나다가
겨울날 찻집에서 우연히 만난 사람.

고향을 물어보고 이름을 물어보고
흘러간 과거를 물어본다.
그런데… 그런데…
그 사람은 나와 혈액형이 같은 사람.

故鄕을 물어보고.

우리는

계절이 있고 눈물이 있고
사랑이 있는 이 현실에 살아가고 있는 우리는
눈에 보이는 모두가 한 폭의 그림입니다.
불어오는 바람소리
떨어지는 빗방울 소리마저도
그냥 흘려보낼 수 없는 한편의 詩인 것입니다.

그렇습니다.
하룻밤의 꿈처럼 지나가버린 날들을 추억하니
새삼 그 시절로 돌아간 듯
한 폭의 풍경화 되어 눈앞에 펼쳐집니다.

모두가 그러하듯이
낳고 자라고 사랑을 하고 아픔 속에 성장하며
그 속에서 그렇게 살아가고 있는 것입니다.
기억할 수 없는 많은 추억들을
우리는 가슴에 안고 마음에 담고
현실에 쫓기며 그렇게 살아가고 있는 것입니다.

바람소리

세상에는 영원한 것이 없다.
사랑도 그리움도 내가 잊고 살아왔던 그 무엇도.

누군가를 만나면 언젠가는 꼭 헤어져야 하고
세상의 모두는 다시 세상 속으로 사라져야만 한다.
하지만 하나 영원한 것이 있다면
그 하나는 우리의 영혼이 아닐까.
인간은 죽어도 영혼은 죽지 않을 테다.
육신은 흩어져도 영혼은 어딘가에 머물고 있을 테다.

바람이 분다.
오늘도 세상에는 바람이 분다.
내가 지금 머물고 있는 여기,
골목길에는 아이들의 재잘거리는 소리가 들리고
살아가는 행상의 확성기소리가 들리고
창문을 스치고 지나가는 차가운 바람소리가 들린다.

인연

옷깃을 스쳐도 인연이라고 했지.
얼굴을 알고 이름을 알고
난 너의 아픔까지도 알았어.

여름날 빗물처럼 내 가슴에 젖어와
어느 날 쓸쓸히 낙엽처럼 지던 사람.
그것은 정말 인연이었어.

사랑하면 할수록
너를 더 많이 그립게도 하는.

들꽃

한 송이 꽃으로 피어나서
화려하지 않게,
향기롭지도 않게,
한 여름을 뜨겁게 사랑하다가
그렇게 온몸으로 지는 너는
이름 없는 들꽃이여라.

화려하지 않게,
한 여름을
뜨겁게 사랑하다가.

天上에서

사람들은 왜
이별 없는 세상을 저 하늘 위라고 하나.
살아서는 갈 수 없는 멀고먼 나라
별들의 고향.

세상에서 못 다한 인연을 天上에 기약하며
서럽게 죽어 가는 연인도,
먼저 가버린 비정한 사람을 원망하며
목숨을 부지해 살아가는 사람도,
이별 없는 세상에서 다시 만나자고 언약을 한다.

이미 죽어간 사람도 흔적을 남겼다.

아름다운 세상에서 다시 만나요.
여기 말고 天上에서요.

사랑은 슬픔이라더니

사랑은
슬픔이라며
나를
위로하던 너.
이별은
눈물이었니?
혼자서
울고만 있게.

사
　랑
　　은
슬픔이라며.

서울의 비

비 내리는 서울의 거리 영화1번지.
단성사 극장 앞을 걸으며
눈부신 보석상가 골목길을 지나며
세상은 참 아름답다고 생각했습니다.

흐린 겨울날.
하늘에서 떨어지는 빗물에 젖으며
삶의 무게에 짓눌린 나의 어깨가
유리창에 비춰지는 모습을 보았습니다.

어둠이 짙어오면
더 화려한 도심의 불빛을 바라보며,
비 내리는 성산대교를 건너서
나는 하행선 고속도로를 달렸습니다.

人間은 나약한 갈대

그대여!
절망 속에서도 절망하지 말라.
생각을 바꾸면 운명이 바뀐다.

人間은
생각하는 사람.
행동하는 사람.

人間은 생각하는 나약한 갈대.

그
대
여
!

구속

내가 너에게 주는 이 작은 애정이
너에게는 그렇게도 큰 고통이었니?
어느 날 나는 알았어.
그것이 나에게는 행복한 하루지만
너에게는 죽도록 싫은 구속이라는 것을.
그래서 나는 지금 고민에 빠졌어.
나의 기쁨이 너에게는 절망인 것에.

나 다시는 당신을
그리 슬피 보내지 않으렵니다

　나 이제는 당신을 보내며 눈물로 얼룩진 슬픈 내 영혼을 위로하려고 합니다. 기쁨과 절망을 넘나들며 사랑과 갈등의 교차로에서, 수없이 많은 날을 번민하며 슬퍼했던 지나간 그 시간을 가슴에 묻고 나 이제는 당신을 보내려고 합니다. 비가 오면 비에 젖고 낙엽이 지면 잎새를 바라보며 눈물로 가을도 적시렵니다.

　세월이 가고 또 가고 먼 훗날 그 언제일까 알 수는 없지만, 내가 당신 곁에 더 가까이 다가 갈 수 있는 그 날이 온다면, 흐르는 눈물을… 쏟아져 내리는 당신의 두 눈의 눈물을 나의 떨리는 가슴으로 받으렵니다. 그리고 나 다시는 당신을 그리 슬피 울게 하지도 그리 슬피 보내지도 않으렵니다.

　나 이제는 당신을 보내며…

그리운 사람

내 그리운 사람.
어쩌다가 인연이 되어
내가 이렇게 힘겨울 때면
더 그리운 사람.
다가설 수 없는
먼 곳에 있어
그대는
더 그리운 사람.

보고 싶은 얼굴

하루가 지나가고
또 하루가 지나가고
이러다가 지워지려나.
이러다가 잊혀지려나.

보고 싶은 얼굴.
듣고 싶은 음성.
차마 전화를 할 수가 없어서
그래서 나는 사진을 본다.

가여운 얼굴이
하얀 너의 얼굴이
눈이 부시다.
눈물이 날만큼 눈이 부시다.

나는 날고 싶다

밝았던 시간은
어둠속으로 묻혀버렸다.
바다위의 캄캄한 하늘에는,
오늘 별마저도 하나
보이지가 않는다.

나는 날고 싶다.
꺾어진 날개를 다시 달고
나는 저 하늘을 날고 싶다.
검푸른 바다 위를
나는 새처럼 날고 싶다.

세상과의 이별

한 생애의 끝이었습니다.
세상에 태어나서
잠시 머물다가 돌아가는 그곳은 어딘지 모르지만,
이미 숨을 멈추고 말이 없는 사람 앞에서
싸늘하게 식어버린 창백한 얼굴을 매만지며 울부짖는
분신들의 슬픔을 당신은 아는지 모르는지
그냥 눈을 감고 있었습니다.

통곡소리가 들리는 세상에서의 마지막 이별은
얼굴을 닦고
가시는 길에 허기질까 한 모금의 양식을 입에 넣고,
가슴을 후벼 파는 애절한 그 소리에 행여나 뒤돌아볼까
솜으로 두 귀를 막고 얼굴을 덮고
떠나는 먼 여정 길 바람에 옷깃이라도 출렁일까
명주옷 꽃신 칭칭 동여 맨 채로 그렇게 관을 닫았습니다.

한 줌의 재가 되어 흩어지는 영혼으로… .

청아 공원

청아 공원.
슬픈 영혼들이 잠들어 있는 곳.

이제야 왔습니다.
속죄할 수 없는 엄청난 짐을 지고 여기에 왔습니다.
몇 년의 세월을 기다려서
떨리는 마음으로 당신 앞에 다시 섰지만
나는 차마 눈물을 보일 수가 없습니다.
나보다도 더 아픈 당신의 슬픈 영혼 앞에서
나는 차마 소리 내어 울 수가 없습니다.

살아있는 사람보다도 죽은 이가 더 많은 듯한
그곳의 잠겨진 유리문 안에는,
웃는 얼굴의 사진이 놓여있었고
당신이 좋아하는 시계가 놓여있었고
태워진 육신의 한줌의 재가 작은 단지에 갇혀있었다.

영원한 샘물이 되어

흐르는 눈물은… 소낙비처럼 쏟아져 내리는 당신의 검은 두 눈의 눈물은… 내가 떠내려가리만치 많이도 흘렸었고, 나의 마음에도 나의 가슴에도 가둘 수 없는 한줄기 작은 강물이 되어 흐르고 있다.

흘려도… 흘려도… 마르지 않는 당신의 검은 두 눈의 눈물은… 시간이 가고 세월이 가도, 여전히 멈추지 않는 영원한 샘물이 되어 메마른 나의 영혼을 적시며 흐르고 있다.

언제일까… 알 수는 없지만, 보고 싶어도 볼 수가 없고, 그리워도 생각할 수가 없는 그 날. 당신의 그 뜨거운 눈물도 나의 이 슬픈 영혼도 한줌의 흙이 되어 세상 어느 한 곳에 흩어지는 날, 우리는 어떤 세상에서 어떤 모습으로 다시 태어나고 있겠지.

당신의 그 뜨거운 눈물도…
나의 이 슬픈 영혼도…

어머니의 가을

나이가 들었다고 왜 감성이 없을까.
늙으신 어머니라고 왜 이 가을이 쓸쓸하지 않을까.
나하고 아파하는 느낌이 다르고 아파하는 부위가 다를 뿐
칠순의 우리 어머니도 지금 나처럼 날마다 여기서
이 슬픈 계절에 가슴앓이를 하리.
대롱거리는 나뭇잎을 보며 떨어진 낙엽을 모아 태우며
그렇게 날마다 여기서 가슴앓이를 하리.

날마다 여기서.

장대

옛집의 지붕을 밤새 두드리던 비는 아침이 오면서 그쳤다. 한낮의 햇살은 젖은 잎새를 포옹하며 그렇게 가을을 반기던 날, 나는 어머니와 개울 건너에 있는 잣나무 숲으로 갔다.

아무리 올려다보아도 그전보다 훌쩍 커버린 나무는 만만치가 않았다. 나무 끝에 달려있는 잣송이는 높게만 보이는데… 나는 용기를 내어 나무에 올라가 중간에서 멈추었다.

"어머니! 장대를 주세요."

준비해 간 긴 장대를 어머니에게 받아서 가지에 걸쳐놓고 다시 올라갔다.

하늘이 보이고 잣송이가 보이고 나는 세상꼭대기에 서있었다.

"얘야! 나무가 비에 젖어 미끄럽다. 조심해라."

"잣나무는 맥이 없으니 잘 잡아라."

세 살 아이 물가에 둔 듯 연신 어머니의 성화 속에 나는 장대를 들었다. 이쪽저쪽 장대의 사정권에 있는 잣송이를 향해서 내리쳤다.

툭! 툭!

"어머니! 잣 떨어져요. 옆으로 나서세요."

나도 어머니를 향해 크게 소리쳤다.

언제였던가. 초등학교를 입학하여 그 해 여름날이었다.

마당가 자두나무에 매달려 까치발을 하며 고개를 높이 들을 때 어머니는 장대를 들어서 한 바구니의 자두를 따주셨다.

　언제 다시 어머니와 이런 날이 있을까. 아니, 몇 해나 더 어머니와 이런 한가로운 가을 날을 맞을 수가 있을까. 나는 지금 높고 높은 세상의 꼭대기에서, 나보다도 긴 장대를 들고 파란 바람을 가르며 솔 내음을 마시며 위태롭게 하늘거리고 있다.

오후의 실연

바람도 파란 해맑은 가을날 오후,
오늘도 어김없이 시간은 간다.
이렇게 지쳐버린 나를 그냥 버려 둔 채로.

몇 시간쯤일까.
이제 곧 너도 가겠지.
어제와는 다른 모습을 하고 거울을 본다.
희미한 눈동자에 창백한 얼굴.
분명 내가 아니구나.
나는 지금 나를 잃어버리고
낯설은 지붕 밑에서 서성거리고 있구나.

언제일까.
우리 다시 만나는 날 있으려나.
상처 진 가슴에 세상의 설움 묻어두고
바람소리 빗소리 들리는 여기 아닌,
또 다른 세상에서 나 너를 다시 만나려나.

외로움

울지 말아요.
외롭다고 울지 말아요.

앙상한 가지의 작은 새도
길가에 떨어진 낙엽도
외로움에 넘쳐
외로움에 떨고 있어요.

울지 말아요.
외롭다고 울지 말아요.

외
　롭
　　다
　　　고
울지 말아요.

가을이 오고 있습니다

낙엽이 지면 슬퍼집니다. 마음은 아프고 가슴은 저미고 기억마저 희미해져와 나의 갈 곳이 어딘지 알 수가 없습니다. 바람이 불고 물든 잎새가 떨어지고, 저 황량한 들판에 그 푸르던 무성함은 어디에도 없는 슬픈 계절 가을이 오고 있습니다.

금방이라도 떨어질 것 같은 잎새 그 마지막 잎새가 안타깝고, 어둠마저 젖어드는 낯선 여행길에서 머물 곳을 못 찾고 서성거리는 나그네 그 사람도 슬퍼합니다.

저녁 어둠만큼이나 어두운 얼굴. 눈물이 흐를 것만 같은 슬픈 두 눈이 애처롭고, 짝을 잃은 새처럼 길을 잃은 소녀처럼 어둠 속 허공을 향해 비틀거리며 걷는 그녀가 몹시도 안타까워 보입니다.

빨갛고 노랗고 그 아름다움 속에는, 시간과 함께 통곡하며 애달프게 사라져 가는 내일이 없는 생명체처럼 하늘이 무너지는 아픔이 숨어있습니다. 바람이 불고 나뭇잎이 떨어지고 마음마저 앙상한 지금은 슬픈 계절 가을이 오고 있습니다.

지금은 슬픈 계절.

나무와 나

나무야 너는 인생을 아느냐.
바람아 너도 삶을 아는가.

산허리 칭칭 돌아 하얗게 수채화 그리며
뒷산 느릅나무 가지에 걸려있는 저 안개여…
그도 내 맘은 모르리.

산다는 것은 고통이요.
숨 쉬고 있다는 것은 죽지 못하기 때문이다.

개울가에 휘어지며 버티는 저 푸른 솔아
너만은 나의 인생을 알리라.
나의 고된 삶을 알리라.

빅토빌

언젠가는 꼭 한번 가보고 싶은 곳.
하늘 맑고 바람 맑은
캘리포니아 사막의 동쪽 끝.

그곳을 지나서 한참을 가다가 보면
라스베가스가 있고 그랜드캐니언이 있고
그리고,
사막에 형성된 오아시스 도시에는
여전히 동화속의 우뚝 선 궁전 같은 곳.

빅토빌.
어느 락 가수가 잠든 고향 같은 곳.
나는 어느새 그 곳을 사모하고 있네요.

여보! 잘 가요

언제 다시 만나려나.
세상에서의 마지막은 슬프다.
보내는 사람도
떠나가는 사람도
절망의 늪에서 울고만 있다.

조국의 이름으로 부름을 받아
조국의 고향으로 돌아갔다.
어머니의 얼굴을 그리며
사랑하는 아내의 얼굴을 떠올리며
차마 집으로 돌아오지 못한 채.

가슴에 태극기를 덮고
힘들게 나를 안고
먼 길을 떠나가는 당신이여…
여보! 잘 가요.
아내는 손을 들고 울고만 있다.

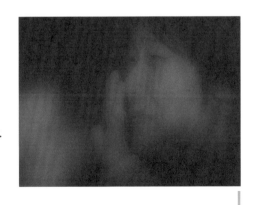

2008년 02월 20일.
헬기사고로 순직한 故 정재훈 소령 아내 사진을 보고.

당신을 잊지 않겠습니다

가난한 가슴에 꿈을 준 사람.
아픈 가슴에 희망을 주던 사람.
시린 세파 속에서도
언제나 힘차게 고동치던 사람.

이른 새벽,
꿈을 키운 유년의 동산에서…
초록이 물든 오월의 동산에서…
또 다른 세상으로 가버린 사람.

나의 가슴에 상처를 주고,
다른 이의 가슴에도 아픔을 주고,
저 멀리 홀연히 가버린 사람.
당신을 잊지 않겠습니다.

그 이름 노무현

동이 튼다.
이별의 날이 밝아오고 있다.
통곡소리가 들리는 검은 바다
봉화마을에…

이제 떠나가면
다시는 오지 못할 머나먼 길이기에,
『가지마세요.』
『당신을 영원히 기억하겠습니다.』
가슴을 후벼 파는 서울광장.

하얀 국화에 묻혀서
노란 눈물에 젖어서
연화장 불속에서 뜨겁게 산화했다.
한줌의 재가 되어 돌아갔다.

내일

바람이 추워도 어둠이 짙어도
우리의 가슴에는,
하얗고 파란 꿈이 싹트고 있음을
잊지도 말자.

아픔은 잠시
슬픔은 더욱 잠시임을 깨닫고,
우리는 어제를 과거로 잊으며
언제였나. 처럼, 힘차게 살아가자.

하얗고
파란 꿈이
싹트고 있음을…

너

바람 같은 머리카락
호수 같은 눈동자.

사랑을 몰랐던 나에게
이별을 알게 한 너.

어느 날 나의 영토에
우연히 찾아와서
깊숙이 자리한 너.

얼굴

예쁜 얼굴.
아름다운 미소.
쓸쓸했던 나의 하루에
어느 날 나비처럼 날아온 당신.
얼굴을 떠올리면
가슴이 설렌다.
사진을 보면
나는 당신을 만나고 싶다.

눈이 내립니다

눈이 내립니다.
쓸쓸한 이 세상에.
눈이 내립니다.
앙상한 저 가지에도.

지나가는 시간 그 시간들을
송이송이 눈 속에 하얗게 남기며.

꽃을 피웁니다.
하얀 꽃을 피웁니다.
나무도 하얗고 지붕도 하얗고
온 세상이 하얀 꽃에 묻힙니다.

겨울

겨울이 시작되었다.
차가운 바람이 밀려오고 있다.
며칠의 폭주에
며칠의 감기몸살에
나는 몸도 마음도 폐허처럼 되어버렸다.

새해를 맞으며 설레던 마음도
내 자신에 힘차게 다짐했던 각오도
하나둘 무너져 이제는 그날의 기억이 없다.
또 한 해가 시작되고 있는 날을 앞에 두고
나는 지금 심한 몸살을 앓고있다.

내 것이지만 내 것 인줄을 모르고
마음과 하나지만 붙어 있는 줄을 모르고
나는 지금껏 나의 육신을 외면했구나.
이렇게 멀리에 오는 동안
이렇게 멀리에 온 줄도 모르고.

사랑이 울면

겨울의 가슴에
불을 지피고.
얼룩진 추억에
색칠을 하며.
사랑이 울면
돌아갈 거야.
눈물이 쌓여있는
골짜기
낙엽 덮인 옛집으로.

얼룩진 추억에
색칠을 하며.

판도라의 상자에는

어느덧 또 한해가 저물어갑니다.
나에게는 참으로 힘겨웠던 날들이었습니다.
어깨를 짓누르는 삶의 무게에 울기도 했습니다.
하지만 판도라의 상자에는 아직 희망이 남아 있기에
나는 다시 내일을 기다리며 오늘을 보낼 수 있습니다.

나보다도 더 어려움에 봉착해있는 사람들이여!
겨울은 길지 않습니다.
봄은 멀리에 있지도 않습니다.
마음을 열고 가슴을 펴고
판도라의 상자에 아직 남아있는 희망을 기다려보세요.

希
望.

마지막 독백

얼굴은 웃고.
가슴은 울고.
나의 마음은
겨울 나뭇가지에 대롱거리고 있다.

잘 가라 내 사랑.

한 해가 가네요

한 해가 가네요.
많은 시련과 수많은 번민 모두를 안고…
언제 다시 온다는 기약도 없이
안녕이라는 인사조차도 하지를 못한 채
먼 옛날로 또 한편의 조각난 추억을 남기며
한 해가 또 가고 있네요.

언제나 그렇듯이 돌아보면 아쉽고
지나고 나면 모두가 그리운 현실의 이 시간들이,
날이 가면 갈수록
세월이 가면 더할수록
안타까운 그 무엇인가를 애절하게도 남기며
한 해가 또 가고 있네요.

초롱초롱 빛나는 밤하늘의 저 별도
도심 속을 밝혀주는 그 화려한 불빛도
지금은 외롭고 지금은 고독하고,
지금은 쓸쓸하기 그지없는 이 겨울의 길목에서
안타깝게… 안타깝게도 나를 울리며
서럽도록 또 한 해가 가고 있네요.

세상은 그렇게

바람이 불면 바람이 부는 대로
마음이 흔들리면 기우는 그곳으로
인생은 그렇게 흘러가는 것인가 보다.
한 순간도 지체할 수 없는 세상의 모두는
움직이며 살아 숨 쉬는 세상의 모두는
그렇게 지나가는 것인가 보다.
아쉬움과 미련
그 무엇이 아리도록 그립고,
슬픈 기억도 아픈 추억도
눈물이 마르고 목이 메이도록 그립다.
하지만 그럴 수가 없음에 그리워하며
안타까운 한 조각의 추억을 남긴 채,
오늘도 보이지 않는 미래를 향해
세상은 그렇게 질주하고 있는 것인가 보다.

슬픈 기억도 아픈 추억도.

꿈꾸는 영혼

겨울이 가고 있어요.
하얀 겨울이 저 멀리에 가고 있어요.
임이 가시던 날.
겨울과 함께 떠나가던 날.
그날은 몹시 추웠었지요.

육중한 쇠뭉치로 얼어붙은 땅을 파고
차가운 흙속에 말없이 묻혀진 임은
지금 무슨 꿈을 꾸고 있나요.

그 날보다도 훌쩍 커버린
임의 머리맡 낙엽송은
새 옷 입을 준비를 하고,
갈나무 가지 위 종달새도
봄을 기다리네요.

지금 세상에는 바람이 불고
비가 내리고
또다시 계절은 바뀌고 있는데

임은 꿈속에서 무엇을 하고 있나요.
임도 겨울옷을 벗고 있나요.

보고 싶은 임이시여.

옛날, 골짜기에서
    누님 그리고 조카와.

겨울 바다

나의 바다여!
겨울 바다여!
파도가 깨어지는
슬픈 바다여!
지평선 멀리에
배 떠나가고
갈매기 울어주는
슬픈 바다여!

나의 바다여!
겨울 바다여!

가야한데요

아스라이 멀어져간 겹겹의 세월아!
눈 비 속에 바래버린 희미한 사랑아!
한때는 나에게도 참 행복했던 날들이 있었노라.
가슴에 무지개 피던 그런 날들이 있었노라.

가을의 마지막 낙엽과 함께 보낸다던 당신은
새잎이 다시 피어나기를 몇 해인가.
또다시 봄은 저 멀리에서 오고 있는데
아직도 나는 인연의 고리를 붙잡고 있다.

가야한데요.
그녀가 울면서 말하네요.
그녀는 이제 가야한데요.
나는 떠나는 그녀의 뒷모습을 바라보고 있네요.

우리엄마

우리엄마
얼마나 사실까.
하루하루가 변하는 얼굴은
나를 아프게도 한다.

밤이면 감자 까고.
아침이면 시장가고.
겨울비에 함박눈이 내려도
변함없이.

얼마 후…

따스한 봄 햇살에 새싹이 돋아나면
물소리 흙냄새 바람마저 산뜻한
고향,
그 곳으로 돌아가신다.

뜰 앞에 콩 심고 팥 심고
강아지 병아리 한가히 키우며,
이 춥던 겨울은 언제던가
잊은 지 오래겠지.

우리엄마
고향에 봄이 오면,
고사리 산두릅 잎새 파란 나물 찾아
뒷산 앞 골짝 아침 이슬에 젖으며
망태를 지고
한 발 두 발 산을 타신다.

우리엄마 고향에 봄이 오면.

어머니의 젖가슴

눈이 내리던 겨울밤. 가게에 친구가 찾아와서 기분 좋게 술 몇 잔을 마셨다. 그리고 영업을 마치고 이른 새벽 집에 들어가니 어머니는 잠에서 깨어있었다.

"이제 오냐?"

"예."

"오늘은 어머니하고 자야지."

"안방에 가서 어멈하고 자. 나는 혼자 자는 게 편해."

"싫어요. 오늘은 여기서 어머니하고 잘 거야."

나는 어머니가 누워있는 작은 방 어머니의 이불 속으로 들어갔다.

"어머니 젖 좀 만져봐야지."

나는 어머니의 내복 속으로 손을 넣었다.

"야가 왜 안하던 짓을 해."

"내가 이 젖 먹고 컸어?"

물컹한 어머니의 젖이 손안에 들어온다. 알맹이는 누나가 내가 그리고 동생들이 모두 빼먹은 껍질 젖만 작아진 어머니의 가슴에 붙어있다.

나의 어머니. 이제 얼마나 더 사시려나. 이제 얼마나 더 세상에 머무르며 잊혀지지 않을 어머니와의 많은 추억을 나에게 남겨두고 떠나가시려나.

꽃을 안고

졸업장을 옆에 들고
꽃을 안고
사진을 찍네.
아쉬움에 눈물을
글썽이면서.
정든 선생님
사랑하는 친구들
손때 묻은 책상과도
이제는
헤어져야만 하네.
여린 가슴에
이별을 알게 하며.

윤주영! 백민우!
졸업은 또 다른 시작이란다.

선생님의 停年退任

『빛나는 졸업장을 타신 언니께 꽃다발을 한 아름 선사합니다.』
『잘 있거라 아우들아 정든 교실아 선생님 저희들은 물러갑니다.』
운동장에도 학교 지붕 위에도 하얗게 눈이 덮인 겨울날. 어린가슴에 이별을 알게 하고 눈물을 알게 했던 이 아픈 노래를 마지막으로 저희들은 선생님을 떠났습니다. 그동안 많은 세월이 흘러갔습니다. 돌이켜보니 35년이라는 길었던 낮과 밤이 하룻밤의 꿈처럼 홀연히 지나가버렸습니다. 학교는 다르지만 오늘 나의 모교가 멀지 않은 여기서 이렇게 다시 우리 선생님을 만났습니다. 저희들은 참으로 기쁘기가 그지없습니다.

선생님! 기억하시나요? 골짜기의 마지막 집을 걸어서 방문하셨던 옛날을… 학교 앞 모퉁이 밭에 고들빼기 씨앗을 뿌려서 싹이 트던 봄날을… 저희들은 잊을 수가 없습니다. 창문 너머로 비가 내리고 나뭇잎이 떨어지고, 그렇게 가는 계절을 보며 선생님과 함께 공부하던 지나간 시간들을 정녕 잊을 수가 없습니다.

오늘은 우리 방내초등학교 6학년 담임선생님, 신동현 선생님이 42년의 교직생활을 마감하고 명예롭게 학교를 떠나시는 날입니다. 기쁜 날이지만 참으로 서러운 날이기도 합니다. 산골의 작은 학교, 작은 칠판 위에 하얀 글씨를 남기던 그날의 청년 선생님을 떠올려보니 가슴이 미어집니다.

선생님! 세월이 이렇게 빠른 줄은 몰랐습니다. 저희도 이렇게 나이가 들어갈 줄은 몰랐습니다. 선생님에게도 이렇게 정년퇴임의 날이 올 줄은 미처 몰랐습니다. 몰랐습니다. 이제 잠시 후면 청춘시절의 회안을 안고 마지막 교문을 나서야하는 선생님의 뒷모습을 바라보려니 눈물이 납니다.

하지만 지금, 그날의 선생님은 수많은 제자들에게 후회 없는 열정으로 아낌없는 가르침을 남기고 이제는 교단을 떠나시려고 합니다. 우리의 가슴에 지워지지 않는 무지개빛 메아리를 한 아름 남겨두고 이제는 학교를 떠나시려고 합니다.

아~ 선생님! 아무리 불러도 그리운 이름이여~ 아무리 불러도 보낼 수 없는 이름이여~ 영원히 우리의 가슴에 남아서 언제까지나 희망을 주며 고동치는 이름이여~ 선생님! 행복하세요. "이별은 또 다른 만남의 시작"이라고 배웠습니다. 정년은 또 다른 인생의 시작입니다. 언제 어느 곳에 머무실지라도 선생님의 가슴에 차곡하게 쌓여있는 그 아름다운 추억의 책장을 넘기며, 빛바랜 사진에 예쁜 물감으로 다시 채색을 하며 행복하세요.

저희도 잊지 않겠습니다. 선생님과의 꿈 많았던 옛날을 기억하며 열심히 살아가겠습니다. 얼굴은 주름져도 마음은 산골의 작은 학교 나의 정든 교실에 남겨두겠습니다. 그리고, 그때가 그리워질 때면 동화 속 같은 그날의 추억들을 하나씩 하나씩 꺼내보겠습니다.

선생님! 그동안 수고 많이 하셨습니다. 선생님의 가정에 언제나 사랑과 평화가 가득하기를 간절히 바라겠습니다.

2009년 02월 20일.
방내초등학교
제26회 졸업생 대표 윤 종 관 올림.

겨울의 흔적

겨울은 싫다.
추억이 남아있어 싫다.
파도가 부서지던 바닷가
눈 덮인 고갯길,
어두운 낯선 거리를 방황하던 그 밤이
주마등처럼 떠올라서 싫다.

겨울은 싫다.
너와의 흔적이 눈 위에 새겨져서 싫다.
이 한가슴
너와의 이별만으로도 넘치는데…
언제였니?
눈보라가 몰아치던 대관령의 그 밤이.

철지난 바다

외로운 바닷가를 거니는 소녀야
그 무슨 추억에 젖어 있느냐.
부서지는 파도를 바라보는 소녀야
무엇이 그렇게 안타까운가.
철 지난 바다는 너무도 고요해.
철 지난 바다는 너무도 쓸쓸해.
발자국을 남기며 거니는 소녀야
갈색 빛 머리가 바람에 날린다.

파도를 바라보며 울고 있는 소녀야
그 무슨 슬픔에 젖어 있느냐.
짝을 찾아 날으는 새와 같은 소녀야
무엇이 그렇게 안타까운가.
철 지난 바다는 너무도 우울해.
철 지난 바다는 너무도 초라해.
옷깃을 세우며 울고 있는 소녀야
눈물이 입가에 흘러내린다.

헤어지는 이유

사랑하는 사람을 떠나보내는 것은
미움이 쌓여서가 아닙니다.
그리움이 넘쳐서도 아닙니다.
하늘만큼 땅만큼
그렇게 더 많이 사랑하기 때문입니다.

사랑하는 사람을 보낼 때에는
가슴이 아프면 하늘을 보고
눈물이 흐르면 두 눈을 감고
그렇게 이별을 해야 합니다.

『세상에 태어나서 사랑을 하니
보이는 모두가 슬픔뿐이다.
기다리는 시간이 절망뿐이다.
가거라.
나의 사람아.
돌아오지 않을 과거로 떠나가거라.』

그렇게 냉정하게 보내야만 합니다.

영혼에게

쉬지 않고 은하를 달리던 우리의 기차도
이제는 종착역이 멀지 않았습니다.
지금부터 앓아야할 무서운 가슴앓이에
우리는 모진 마음의 채비를 해야만 합니다.
앞으로 보이지 않는 미래가
어떻게 우리 앞에 다가올지는 나도 아직 모르지만,
나의 환상에서 멈추어버린 한 사람을 가슴에 묻고
영원히 함께 하려고 합니다.
가슴도 마음도 영혼마저도 떠나버린 육신뿐이지만,
텅 빈 껍질만 일지라도 어느 한 구석에 남겨두려
무던히 노력하려고 합니다.
우리는 인간이지만 입만은 동물이 되어서
그렇게 참고 살아가야 합니다.
어떤 환경 속에서도 절대 포기하지 않으며
생명은 불꽃처럼 그렇게 살아가야만 합니다.
어느 한쪽이 무너지면 함께 침몰하는 슬픈 운명이니
그 남은 한쪽을 위해서라도
우리는 끝까지 존재하며 남아야만 합니다.

나 떠나가는 날

나 이 세상 떠나가는 날
목메어 그 이름을 부르렵니다.
눈부신 하늘에 입 맞추며
어두운 흙 속으로 묻히렵니다.

나 잠시 머물렀던 정든 세상에
못 잊을 그리움을 쌓아 놓은 채.
나 떠난 그 자리에 눈물 뿌리는
가없은 사람하나 남겨놓은 채.

그렇게 슬픈 길을 떠나렵니다.

눈부신 하늘에
입 맞추며…

낙화

눈이 부시도록 예쁜 4월의 꽃잎이
무심하게 내리치는
차가운 빗방울에 아프도록 부딪친다.
꽃잎도
사람도
때가 되면 지는 것.
비에 젖고 바람에 흩날리는
노랗고 하얗고 붉은 색의 꽃잎이여…
삶이라는 것은
낙화.
지기위해 피는 것.

落
花.

귀로

내가 살아가다가 언젠가는
기다리지 않아도,
나를 찾아올 평화로운 그 날은
지금의 이 힘겨운 삶도 그리워지리.

별이 지는 새벽 아침,
안개 타고 나 떠나간 자리
그 빈자리에 한 낮의 햇살이 내리면
당신이 기다리는 사람 나였으면 해.

우리의 상처 진 가슴
잊혀지지 않는 얼굴
볼 수 없는 먼 곳에 있어도,
당신의 가슴팍 살내음을 느끼며
나는 끝없는 여행을 해야 해.

이미 흩어진 소중했던 것들
멈춰버린 내 모두는
이제

바람이 되어 흩날리리.

생명으로 잉태하지 못하고 사라져간
그 많은 가여운 영혼들 중,
잠시 이 세상에 머물렀다가 떠나는 나는
참으로 축복이었다고 감사하며
나 이제는 당신의 품으로 돌아가리.

인사동에서

비가 내리는 토요일 오후,
손에 들고 있는 전화가 울린다.
"뒤 좀 돌아보세요."
우산을 쓰고 서있는 그녀가 뒤에서 웃고 있다.

우리는 인사동거리가 한눈에 보이는
창가에 자리를 하고 앉았다.
"해물파전하고 동동주를 주세요."
메뉴판을 펼친 그녀가 씩씩하게 주문을 한다.

한 사발 두 사발.
어느새 다섯 사발의 동동주가 비워졌다.
시간은 자정을 향해서 돌진하고
우리는 주점 하늘공원을 내려왔다.

잘 가요.
그대는 5호선 나는 1호선.
갈 길이 다른 우리는 우산을 받쳐 들고
아쉬운 작별의 뜨거운 포옹을 하고 있었다.

강원도

그림처럼 아름다운 내 고향 강원도
서울에서 국도 따라 산길 육 백리.
마의태자 금강산길 가시던 고개
비바람 눈보라가 몰아칠 때면,
서울 하늘 바라보며 원망도 많았지만
그래도 언제나 내 고향은 강원도라오.

무궁화 꽃 피는 고장 홍천을 지나서
새벽달빛 부서지던 행치령 고개.
산 위에서 해가 떠서 산으로 져도
사나이 푸른 꿈을 가슴에 안고,
낯설은 타향에서 설움도 많았지만
그래도 언제나 내 고향은 강원도라오.

[내 고향 하의도] 改詞.

홍천이 있습니다

서울에서,
물안개 피어나는 양수리를 지나
속초 설악산 가는 길목에는…
하얀색 분홍색 무궁화 꽃 피는 도시
홍천이 있습니다.

초록산 울타리에
화양강 홍천강 굽이 돌아 물 흐르고,
공작산 골짜기 계곡 물도 쉬어가는
해 뜨는 정겨운 도시
홍천이 있습니다.

홍천을 생각하면 마음이 설레입니다.
홍천을 떠올리면 가슴이 벅차옵니다.
홍천에 가면 기쁜 일이 있습니다.

내 고향 방내

내 고향 방내는
높은 산 깊은 골.
늦게 찾아오는 봄날은
여름 오는 줄도 모르고.
들판에 감자 꽃 피어날 때면
고추 따고 풀매고.
산허리 붉게
단풍이 물들 때면,
먼 산 하얗게 눈발이 날리는
내 고향 방내는
겨울이 길더라.
봄은 더디더라.

추억의 골짜기

나 태어나서 자라고
그 산과 들판을 놀이터 삼아서
하루 해가 짧도록 온종일 즐거웠던
추억의 골짜기는,
지금도 정겹습니다.
밤이면 하늘에 별들이 흐르고
때로는 둥근 달이…
때로는 조각 달이…
마당 위 돌배나무에 걸려서,
새벽을 흔들던 가슴 벅찬 그리움은
아직도 나의 가슴에 남아있습니다.
다람쥐 쫓고 물장구치며
낙엽이 굴러가는 것만 보아도
울어야만 했던 그 날들을,
나의 기억 속에 한 아름 안겨놓고
산 넘어 또 산 넘어
그렇게 희미하게 멀어져 갔습니다.

이별여행

_JOS

추억의 완행열차에 몸을 실었습니다.
이별을 말하려고 떠난다는 것은 알지 못했습니다.
하얀 눈발 흩날려 핏빛으로 번지던 그 날
사랑했었습니다.
사랑했었습니다.
억 만 번을 눈 위에 쓰고 또 쓰고
정녕 그렇게 마음으로만 쓰고 있었습니다.
이제는 그 하얀 눈 위에 정말로 쓰고 싶습니다.
녹으면 눈물이 되고 강물이 되고 바다가 되는
그 하얀 눈 위에 멈춰진 내 사랑을.

퇴고 / 윤종관.

눈물이 되고 강물이 되고 바다가 되는.

내 몫

몹시 추웠던 어느 해 긴 겨울날.
밤새 절망하며
날이 밝기를 두려워하던 나에게
틈새 사이로 눈부신 햇살이 쏟아져 내릴 때,
아! 삶이란 이런 것이구나.
나는 희망의 빛에 굴복하고
어제의 무너졌던 내 모두를 추슬러
다시 시작해야만 했다.
내가 살아가야 할 남은 시간에
힘겨운 짐이 고통 되어
내 심장을 모조리 도려낼지라도
나는 세상을 버려서는 안 된다.
그 모두는
내가 마지막까지 가져가야 할 내 몫이기에.

그곳에 부는 바람

외로움에 떨고 목마름에 헤매는
텅 빈 가슴속으로 바람이 분다.
쓸쓸함도 고독도 온몸이 시리도록 밀려와
이제는 가슴까지 젖어 마음이 저미어온다.
끝없는 외로움과 사무치는 지난 세월
후회 할 수밖에 없는 인생의 뒤안길에서,
나 아닌 또 다른 나를 찾으려고 애를 써도
어딘가 한구석 마음 아픈 곳
지금도 그곳에는 바람이 분다.

끝없는 외로움과
사무치는 지난 歲月.

사랑은 마술사

사랑은
사람의 깊고
더 깊은 곳을 무너뜨리며
허망과 절망
그리고,
희망과 기쁨을 넘나들며
끝없는 미로,
그 미로 속을 헤매게 하는
마술
그 현란한 마술이어라.

사랑은
그 현란한 마술이어라.

이연

헤어지지 않으려고 아무리 애를 써도
헤어질 수밖에 없는 운명이 이연 이란다.
『내 곁을 맴도는 이별의 흔적
남아있는 추억들이 나를 울리네.』
가수 유익종의 이연이라는 노래를 들어보니
노래 제목만큼이나 가사도 슬프다.
세상에는 이연의 운명을 안고 살아가는 사람
분명 있을 것인데
그들은 어떻게 그 가슴 찢어지는 고통과
하늘이 무너지는 슬픔을 참았을까.
그리고
지금은 어떤 모습으로 어떻게 살아가고 있을까.
만나보고 싶다.
나를 앞서 이연을 체험하고
또 다른 세상에서 당당하게
이 현실을 살아가고 있는 그들을.

가슴에 내리는 비

어둠 속에 내리는 저 비는
강이 부르지 않아도
바다가 찾지 않아도
그렇게 제 고향으로 돌아가는데…
내 가슴에 내리는 비는
어이 하나요.
어이 하나요.

늘 그렇게 나를 아프게 하듯
나보다도
비를 더 사랑한 사람.
오늘도 어디선가 이 비에 젖어
슬피 울고만 있을 얼굴을
그립도록
내 가슴에 새겨보리.

날마다 이별

산 속의 마지막 나의 골짜기입니다.
녹음이 짙은 오래 전 여름날입니다.
지금은 세월이 흘렀습니다.
계절도 많이 바뀌었습니다.
나는 도심 속에서 저 사진을 보며
날마다 이별하며 살아갑니다.
가버린 어제와 이별을 하고
지나가는 이 시간과 이별을 하고
헤어지며 돌아서는 나와도 이별을 합니다.
나는 그렇게 날마다 이별하며 살아갑니다.

아! 슬프다 대한민국

하늘도 울고 땅도 울고
요동치는 저 바다도 울고 있다.

검은 바다.
통곡의 바다에 침몰한 꿈이여!
그대는 피지도 못한 채 죽어갔구나.
성난 파도 속 차가운 거기서
공기마저 사라진 어두운 거기서
귀한 목숨 숱하게 또
군인이라는 이름으로 그대는 죽어갔구나.

부대로… 집으로…
정녕 귀환하지 못한 용사여!
야속한 바다를 가슴에 안고
애통하게 죽어간 용사여!
그대는 지금 어머니의 통곡소리 들리는가.
봄이 오는 고향이 보이는가.

작전해역 NLL.
거기서 진정 돌아오지 못한 용사여!
그대의 영혼은 지금 어디서 떨고 있나.

그대의 영혼은 지금 어디서 울고 있나.
차마 피우지 못한 세상에서의 꽃은
그대! 어디서 다시 피우려나.
아! 슬프다 대한민국.

2010년 03월 26일.
西海에서 戰死한 해군 故46명을 애도하며.

그대의 영혼은 지금
　　　어디서 울고 있나.

가시는 먼 길 마지막이 아니길…

　햇살이 따스한 가을의 오후. 나는 오늘 선생님을 만났다. 날이 밝으면 먼 길을 떠나야만 하는 나에게 노래를 가르쳐 주신 선생님. 세월이라는 거역할 수 없는 시간과 함께, 쓸쓸하게 퇴색해가는 이 가을의 나뭇잎처럼 저물어가는 선생님을 보니 가슴이 미어진다.

　"선생님! 회복하여 꼭 다시 만나요."

　나는 선생님의 손을 잡고 울먹이며 말했다.

　"종관아! 마음 아파하지 마. 이것이 인생인 것을 어떡하니."

　선생님은 오히려 슬퍼하는 나를 위로하고 있었다.

　"종관아! 나는 행복했어. 84세의 이 나이까지도 작곡을 하고 피아노를 연주하며 노래를 가르치고… 나는 죽어서 다시 태어나도 노래를 부를 거야."

　목이 미어온다. 심장이 아프고 머리가 아파서 잠을 들 수 없다는 선생님. 먼 옛날. 가수의 꿈을 안고 상경한 산골 소년 나에게 노래를 가르쳐주던 선생님은 이제 길 떠날 채비를 하고 있다.

　나주 하나요양병원. 자동차로 몇 시간은 달려야만 도착하는 참으로 먼 길이다. 이제 살아서는 돌아올 수가 없다는 것을 나에게 말하며 쓸쓸한 미소를 짓는 선생님. 너무 먼 곳이기에 거기로 가기가 싫다고 나에게 말하는 선생님. 가슴이 너무 아프다.

　"종관아! 나의 음악인생은 이제 끝났어. 내가 너에게 준 노래는 꼭 네 것으로 만들어라."

　마치 마지막 유언처럼 서글프게 나의 심장을 내리친다.

"선생님! 병원에 가시거든 잘 계세요. 제가 만나러 갈게요."

"그 먼 곳을 어디라고 오니."

"멀긴 뭐가 멀어요. 몇 시간이면 가는데요."

"이제 됐다. 늦었으니 어서 가거라. 오지 말라고 했지만 보니 좋구나."

나는 선생님과 마지막 작별의 인사를 하고 헤어졌다. 자동차 시동을 걸고 다시 창문을 열고 손을 잡았다. 그리고 후사경을 보니 선생님은 떠나는 나의 자동차 뒤를 따라오고 있었다.

나주 하나요양병원

　　나주 하나요양병원. 인천에서 거리 350Km의 먼 길이었다. 나는 선생님을 만나기 위해 설레는 마음으로 하행선 고속도로를 달리고 있었다.

　　"어떻게 여기까지 왔니?"

　　선생님이 울먹이며 나의 손을 잡는다.

　　나도 선생님의 얼굴을 바라보고 있다.

　　세월이 약이라고 했던가. 몇 달 만에 만나는 선생님은 다행히도 이곳에 적응하며 나를 기다리고 있었다. 그랬다. 오지 말라고 하였지만 기쁘게 나를 반겨주고 있었다.

　　"잘 도착했니?"

　　선생님의 휴대전화 5번에 저장된 나의 번호가 연결되었다.

　　"예. 선생님! 어젯밤은 목포에서 잠을 잤습니다. 그리고 오늘 아침 진도에 들렀다가 해남 땅끝 마을에서 조금 전에 출발했습니다."

　　"조심해서 올라가거라."

　　"예. 인천에 가면 전화 드리겠습니다."

　　"그래, 우리 다시 만나자."

　　다시 만나자는 선생님 작별의 인사에 나는 다시 가슴이 설레인다.

길

당신이 돌아가는 길
나도 그 길을 기쁘게 가겠소.
삶이 그러하듯
나도 그렇게 살아가겠소.

예정된 시간을 위하여
나는 그 얼마나 분주했던가.
어려서는 철이 없어 몰랐고
자라서는 사노라고 잊었다.

내 인생을 끌어안은 서러운 세월아
내 영혼을 철들게 하는 아픈 하늘아.
이별은 또 다른 만남의 시작이란다.
영혼은 죽지 않는 불사조란다.

당신을 닮았구나

_청예 김태린

그 자태 우아하던 곱던 날 어디 두고
쓸쓸한 계절처럼 시들어진 너의 모습.
지나간 가을정취 흠뻑 끌어안고서
애련하게 말라가는 순정의 꽃이여…
한 송이 못내 안타까워 애쓰는 너는,
그 내음 그윽하여 임 생각나게 하고
흘러가는 세월 속에 맑은 향기 가득하니
고개 숙인 그 모습이 당신을 닮았구나.

퇴고 / 윤종관.

꿈속에서…

밤새 비가 내렸다.
나의 3층집
베란다의 지붕을 크게 두드리며…

"일어나봐."

얼마만인가.
하얀 얼굴의 그녀가 내게로 왔다.

"너는 지금도 참 예쁘구나."

나는 그녀의 손을 잡았다.
나는 그녀의 얼굴을 어루만졌다.

입술.
달콤하고 찌릿하고
나는 뜨겁게 감전되었다.

꿈속에서… .

글을 마치며

많은 시간이었습니다. 어쩌다가 한 편씩 써놓았던 글을 정리하며 이렇게 밤을 새운 날들이.

사람은 누구나 감정이 있고 느낌이 있고 그리고 세상에 말 못할 그 무엇이 있습니다. 하지만 가슴에 묻어두고 그렇게 살아가고 있을 뿐입니다.

그랬습니다. 나는 용기를 냈습니다. 그들과는 조금 달리 세상에 내 모두를 이렇게 펼친다는 것에…

어느 날 친구가 술자리에서 나에게 물었습니다.

"친구야! 너는 전공이 뭐니?"

나는 이렇게 대답했습니다.

"전공은 음악이고 시는 나의 표현이야."

그 친구가 다시 나에게 반문했습니다.

"그럼 이 시는 너의 인생이니?"

어떻게 대답을 할까요? 우리가 공부할 때 소설은 허구라고 배웠습니다. 그렇다면 시는 무엇이라고 배웠습니까?

나는 여행을 좋아합니다. 여행을 할 때는 언제나 연필과 노트는 잊지 않고 가져가고 있습니다. 그 순간의 감정과 느낌을 현장에서 메모하지 않으면 그대로 표현할 수 없기 때문입니다.

나는 감히 이렇게 말하겠습니다. 시는 가슴입니다. 시는 영혼입니다. 시는 허구의 소설처럼 그려지고 꾸며지고 만들어져서는 나의 가슴도 독자의 가슴도 울리지 못한다고 생각합니다.

이 글을 문학이라고 말하지 않겠습니다. 세상을 힘겹게 살아가는 한 사람이 비에 젖고 가을에 물들며, 마음이 심하게 출렁일 때 마다 한 줄 또 한 줄 그렇게 남겼다고 읽어주신다면 너무나도 고맙겠습니다.

겨울이 가고 있습니다. 봄이 오고 있습니다. 눈 녹은 골짜기에 얼어붙은 차가운 세상에 봄이 오고 있습니다. 나의 가슴에도 독자님의 가슴에도 노랗고 빨갛게 꽃이 피어나는 행복한 봄날이 오기를 간절히 기다려 보겠습니다.

2014년 03월 30일. 인천에서 저자 윤 종 관.

사진작가 / 내면사랑.

귀한 사진을 이렇게
아낌없이 협찬하여 주셔서 감사합니다.

chapter 02

나의 산골일기

너와 나. 무슨 인연으로 지금 여기에 있는 것일까.
어쩌다가 이렇게도 아픈 가슴을 안고 이 밤 낯선 곳에서 마주보고 있는 것일까.
우리의 밤은 언제나 짧았다.
아직 못 다한 이야기가 남아있는데 어느새 창문이 밝아오고 있었다.
눈물이 난다. 그렇게 슬플 것도 없는데. 그런데 자꾸만 눈물이 난다.
시작이 있으면 끝이 있듯이 언젠가는 너와 나 마지막이 올 줄은 알았지.
인연이라는 것은 때가되면 떠나가는 것.
이제는 너와 나 다시 남이 되어 그때 그 자리로 돌아가는 것.

-본문 중에서.-

마의태자

_정두수

　행치령 고개 넘어 백자동 고개 넘어 산새도 오지 않는 깊은 산골
갑둔리. 달빛보다 더 푸른 천축의 그 푸른 한. 나라를 찾겠노라 그
큰 뜻을 품은 채, 어찌 눈을 감으셨나 마의태자 우리 님.

　하늘이 버리셨나 바람도 스산하다 무덤조차 잃어버린 첩첩산중
김부리. 꽃보다 더 붉은 망국의 그 붉은 한. 세월아 말을 하라 통한
의 그 역사, 어찌 눈을 감으셨나 마의태자 우리 님.

시작 글

슬픈 계절. 가을걷이가 끝난 골짜기의 오후는 쓸쓸합니다. 물들었던 나뭇잎도 낙엽이 되고 짧은 하루는 어둠을 빨리도 데려옵니다.

여기는 해발 800고지 강원도 홍천의 산골마을 마지막 골짜기 삼밭골 이라는 곳입니다. 여름에는 비가 많이 내리고 겨울이면 쌓인 눈이 늦은 봄이 되어야 녹는 몹시 추운 곳입니다. 하지만 흐르는 골짜기의 물을 식수로 사용하는 그런 맑은 곳이기도 합니다.

재배 작물로는 감자와 고랭지 채소 그리고 풋고추와 더덕을 많이 합니다. 마의 태자가 금강산으로 가기 위해서 넘었다는 행치령을 같이하고 있습니다. 높은 지대 분지형의 작은 마을에는 20여 가구가 띄엄띄엄 살고 있습니다.

3월의 새벽아침. 주파수가 안 맞아 잡음 섞인 라디오 소리가 잠결에 들려옵니다. 구들장 틈새에서 새어나온 솔잎 연기가 방안에 안개처럼 자욱합니다. 찢어진 방문 사이로 마지막 겨울의 차가운 기운이 눈을 시리게 하는 이른 새벽, 어머니가 아침밥을 차려놓고 깨우기를 한참인 것 같습니다.

"얘들아! 일어나거라."

아직 잠이 덜 깬 다섯 아이가 누런 광목 이불 속에서 아랫목을 찾아 기어 들어가고 있습니다.

산골의 3월은 아직도 한겨울. 30리의 눈 덮인 학교 길을 걸어서 가려면 서둘러야 합니다. 가마솥에 데운 따스한 물로 부엌에서 세수를 하고 희미한 등잔불 아래서 아침밥을 먹습니다. 어머니가 맷돌에 갈은 노란 강냉이 쌀에 감자를 곁들인 밥을 고추장에 비벼서 김치와 한 그릇 먹고 동생들과 집을 나섭니다.

우리는 내가 초등학교 3학년이 되던 해 서석면으로 이사를 갔다가 그곳에서 아버지를 잃었습니다. 장맛비가 내리던 한 여름 밤, 몸살로 누우셨던 아버지는 끝내 맑게 갠 하늘을 보지 못하고 37세의 일기로 세상을 마감하고야 말았습니다.

아버지는 그곳의 내가 다니던 청량리 초등학교 옆 공동묘지에 묻었습니다. 그리고 할아버지가 계시는 고향인 이곳으로 어머니와 나 그리고 동생 넷이서 다시 돌아와야만 했습니다.

따스한 햇살이 눈부시게 내리는 오후, 학교에서 돌아오는 길은 눈이 녹아내려서 길이 질퍽거립니다. 허기진 배를 졸라매고 하얀 눈 속살을 한 주먹 뭉쳐 깨물어 먹으며 터벅터벅 집으로 돌아옵니다. 집 가까이에 이르니 언덕 위의 작은 오막살이 굴뚝에서 연기가 피어오릅니다.

어머니는 샘물가에서 물동이를 이고, 할아버지는 한 짐의 나무를 지고 마당으로 들어서는 모습이 나에게는 정겨운 한 폭의 풍경화 되어 희미하게 보여 옵니다. 지붕 끝에서 고드름이 녹아내려 낙숫물 떨어지는 소리를 들으며 나는 마루 위에 쓰러지고 말았습니다.

그랬습니다. 나의 어린 시절은 어느새 동화 속처럼 그렇게 지나가 버렸습니다. 그리고 지금은 이렇게 또 다른 세상에서 또 다른 인생을 살아가고 있습니다. 사랑을 알고 눈물을 알고 가슴앓이를 하며 이별을 배우고, 이제는 지나가버린 서러운 날들 앞에서 내 가슴에 흐르는 이 마지막 눈물로 편지를 쓰려고 합니다. 아물지 않는 상처를 남겨버린 가여운 나의 영혼에게…

이 글은 그렇게 살아온 한 사람이 사랑했던 날들을 흙 속에 묻어
두려고 애쓰며 도시와 골짜기에서 힘겹게 살아가는 이야기입니다.
어느 한 곳에도 정을 붙이지 못하고 서성거리며, 육체의 노동으로
자신을 혹사시켜서 맑은 영혼을 찾아보려는 그런 서글픈 이야기입
니다.
　나는 이제야 알았습니다. 병도 깊으면 어찌할 수 없듯이 사랑도
너무 깊으면 마지막이 불행하다는 것을.

옛집

계절만큼이나 쓸쓸해 보이는 나의 옛집은 주인을 떠나보내고도 그렇게 그 자리에서 오랜 세월 나를 기다리고 있었다. 찢겨진 문틈 사이로 보이는 밤하늘의 둥근 달은, 마당 위 돌배나무에 걸려서 새벽을 흔들며 산 너머 또 산 너머 그렇게 희미하게 멀어져갔다.

그랬다. 이미 폐허가 되어버린 주인 잃은 집만이 외로이 기울어져 있었다.

우리는 오래 전 할아버지가 돌아가신 후 어머니와 동생은 집을 버려 둔 채로 홍천 읍내 신축한 아파트로 이사를 했다. 그리고 또 몇 년 후에는, 어머니가 인천에서 나와 함께 겨울을 보내고 봄이면 내려와 여기서 여름 한철을 살아가는 그런 철새의 둥지처럼 되어버린 것이다.

몇 해가 지나갔는지도 모르겠다. 나는 그렇게 버려두었던 옛집에 돌아와서 이 한겨울에 터를 닦고 작은 흙집을 다시 지으려고 준비하고 있다. 그리고 옛날 할아버지와 아버지가 하시던 그 힘겨운 농사일을 나도 시작해 보려고 한다. 왜일까. 왜 나는 지금 도시의 화려한 그 불빛을 뒤로하고 이 외로운 골짜기에 머무르려고 하는 것인가.

돌아가야지. 돌아가야 해. 사랑이 울면 돌아 갈 거야. 겨울의 가슴에 불을 지피고 얼룩진 추억에 색칠을 하며, 나를 기다리고 있는 눈물 쌓인 골짜기 낙엽 덮인 옛집으로.

양지바른 언덕에 먼 산이 보이는 작은 흙집을 짓고, 강아지 병아리 한가히 키우며 살아갈 거야. 잡초가 우거진 그 자리에는 정원을 만들고 나를 닮은 소나무를 심고 예쁜 들꽃을 심을 거야. 그리고… 그리고… 나는 그곳에서 밤하늘에 별을 헤며 못 다한 내 영혼의 슬픈 사랑을 위로할거야.

집 앞 골짜기에서 흐르는 물이 참 맑다. 이제 여기에 손 담그고 솔향기에 숨을 쉬며 나는 하나 또 하나 그렇게 시작해야한다. 인적 없는 이 골짜기에 터를 닦고 돌을 쌓고, 그리고 나무를 쌓아올려서 흙을 바르고 내 영혼을 바르고 나와의 긴 싸움을 시작해야한다. 내 아픔의 마지막은 어떤 것인지 내 외로움의 끝은 어디에 있는지 나는 쓸쓸한 그 세상으로 나를 던져야한다.

이곳에서의 며칠째 밤을 맞는다. 저녁밥을 먹고 쓰러져 잠이 들었다. 몇 시나 되었을까. 창문을 열고 밖을 보니 어둠뿐인 세상에 살을 벨 듯 칼바람이 얼굴을 스친다. 산 속의 겨울밤은 긴데 아침이 올 때까지도 아직은 먼데 이제 무엇을 하나.

도시의 불빛 속에서 비틀거리던 나는 골짜기에서의 며칠을 자신에게 화풀이라도 하듯이 죽어라하고 일을 했다. 수십 년 버려졌던 돌밭에 나무뿌리를 캐고 땅을 파고 퇴비를 뿌렸다. 이 겨울에 무엇을 심으려고…

허리가 끊어질 듯이 아프다. 물집이 생긴 손도 쓰려온다. 오늘도 이렇게 힘겨운 나의 하루가 지나가고 있다. 내일은 무엇을 할까. 골짜기에 햇살이 내리면 집 지을 때 쓸 서까래 감을 준비해야 되겠다. 그리고 밤이 오면 나는 다시 도시의 내 자리로 돌아가야 한다.

다리를 놓고

앞에도 뒤에도 산으로 둘러 쌓여있는 여기서 태어난 나는 서울 하늘을 바라보며 파란 꿈을 한 아름 안고 고개를 넘었다. 그렇게 이 골짜기를 떠나갔던 그날의 내가 지금은 다시 여기에 돌아와서 다리를 놓고 있다.

집 앞에는 골짜기에서 물이 흘러내려오는 작은 개울이 있는데 여기에 외나무다리를 놓고 지금까지 살아왔다. 여름장마에 떠내려가기도 하고 어머니가 건너기에는 여간 위험한 것이 아니다. 콘크리트 다리를 놓으려고 하니 그 비용이 너무 많아서 엄두도 못 낸다. 면사무소나 군청에 교량을 신설하여 줄 것을 수차례 건의 했지만 재정상의 이유로 지금까지 수십 년이 가도록 미루고만 있다.

내가 125만 원의 자비를 들여서 놓는 이 임시방편의 다리도 불법 구조물이라고 면사무소에서 못 놓게 한다. 하지만 이렇게라도 안 놓으면 생활의 불편은 물론이고 농작물을 반출할 수가 없다. 와서 철거 할 테면 해보라지. 나는 내방식대로 강행하기로 했다.

오늘은 굴삭기를 동원하여 집 앞에 위태롭게 건너던 그 외나무다리를 철거했다. 그리고 폭 1m50cm 길이 6m의 철로 된 둥근 관을 현금 85만 원 주고 홍천 건재상에서 구입하여 운반을 부탁했다. 굴삭기 사용료도 하루 40만 원을 주기로 하고 불러왔다.

작업이 시작되었다. 커다란 둥근 관을 개울바닥에 자리를 잡아서 놓고, 그 위를 바위와 돌로 양옆을 쌓아올리며 가운데는 흙을 채워 넣어서 다시 다리를 놓았다. 굴삭기의 위력은 정말 대단했다. 한나절 만에 나의 그 오랜 숙원사업이었던 다리가 완성된 것이다. 이제는 탱크가 지나가도 되겠다.

둥근 관 두 개를 묻으려고 망설이다가 비용이 부담되어 하나를 묻었는데 여름 장마에 잘 견디어줄지 염려가 된다. 그러나 이제 장마가 올 때까지는 편하게 건너다닐 수가 있게 되었다.

지난 해였다. 여름 장맛비가 내리던 오후, 어머니에게서 다급한 목소리로 전화가 걸려왔다.

"얘야! 큰일 났다."

"왜요?"

"앞에 다리 위로 물이 넘친다."

"그래요? 밖에 나가지 말고 가만히 계세요."

잠시 후에 다시 어머니의 맥이 없는 목소리로 전화가 걸려왔다.

"지금 다리가 막 떠내려갔다."

"할 수 없지요, 뭐."

여기는 비만 오면 이렇게 1년에도 몇 번씩 다리가 떠내려간다. 다음날 새벽 골짜기로 달려갔지만 나는 그저 바라만 보았다. 어머니는 강아지와 강 건너에서 며칠 고립되어 있어야 했다.

굴삭기의 위력은 정말 대단했다.
한나절 만에 다리가 완성된 것이다.

어머니와 나무하기

　겨울 날씨가 포근한 아침이다. 아랫마을에 있는 더덕 밭을 가보고 윗동네 임 교수댁의 가시오가피 심는 곳을 견학했다. 나는 지금 봄이 오면 무슨 작물을 재배할까 고민하고 있는 중이다.

　집에 오니 어느새 11시. 점심밥을 먹으려고 하다가 그냥 어제 벌목한 나무 중에 땔감을 하려고 골짜기로 가면서, "어머니도 심심하면 오세요." 그렇게 어머니에게 말을 남기고 동생의 낡은 트럭을 털컹거리며 개울 길을 올라간다. 우리 집은 골짜기의 마지막 집이고 또 골이 깊어 산 속에서 혼자 나무를 하기엔 적적해서 한 말이다.

　겨울날의 산 그림자에 골짜기가 가려져있다. 언제였던가. 여름이면 어머니와 나물 캐러 약초 캐러 많이도 다니던 곳. 열매가 익어가는 가을에는, 머루 따고 다래 따고 그렇게 자주 오르내리던 낯설지 않은 골짜기지만 앙상한 겨울 산의 지금은 많이 음침하다. 이 추운 날씨에도 땀이 난다. 나는 한참동안을 정신없이 낫으로 가지를 자르고 나뭇단을 묶고 있었다.

　"이것만 다 가져가면 내년 여름 내내 나물 삶아도 되겠다."

　어머니의 목소리가 들려온다. 귤 다섯 개를 가져오셨다.

　"먹고 해라."

　어머니는 예전부터 산에 갈 때는 꼭 먹을 것을 챙긴다. 산 속에서 허기가 지면 큰일이기 때문이다. 점심을 거른 터라 출출했는데 개울가의 돌 위에 앉아서 어머니가 하나 내가 세 개를 먹고 하나를 남겼다.

어머니가 도와주셨다. 작은 나무토막들을 끌어다가 차의 짐칸에 실고 산자락에 앉아 쉬고 있다. 힘드신가보다. 이제 그만하시라고 말을 하려다가 참았다. 힘은 들어 보여도 기분이 좋아 보이기 때문이다. 이렇게 일주일에 한 번 오는 나와 무엇인가 한다는 것이 어머니는 즐거운가보다.

어머니는 어느새 나무를 차 짐칸에 수북이 쌓았고 나도 나무 단 묶기가 절반이 넘어가는데 어머니가 시장한가보다.

"배 안 고프냐?"

나에게 묻는다.

"남은 것 마저 하고 갈게요. 먼저 내려가세요."

"그럴래?"

사실은 나도 배가 고프지만 내려가면 다시 오기 싫어지기 때문에 하던 일을 마저 끝내고 갈 생각이다. 어머니는 내려가서 할 일이 있음을 나는 알고 있다. 내가 올라올 때 두부를 하려고 준비하고 있었던 것이다. 어머니는 내가 오면 늘 이렇게 나에게 맛있는 별미를 만들어 주시곤 한다.

산 속은 정말 적막하다. 낙엽 밟는 소리와 물 흐르는 소리 그리고 간간이 불어오는 바람소리뿐 이 골짜기에는 나 혼자다. 생각보다는 일이 더디다. 지는 해가 산꼭대기에서 대롱거리고 있다. 이제 곧 어둠이 밀려올 것이다.

서둘러야지. 그때였다.

"애야! 왜 안 내려 오냐?"

다시 어머니의 목소리가 들려온다. 저물도록 안 내려오니 나를 찾아 나선 것이다.

"이제 거의 다 했어요."

"이거 먹고 해라."

어머니는 호박을 삶아 가지고 오셨다.

"나는 허기가 져서 못 오는 줄 알았다."

어머니가 농담 섞인 말을 하신다.

"어머니! 아무리 배가 고파도 거기 못 내려가겠어요?"

나도 웃으며 대답을 했다. 중간에 남겨두었던 귤 하나를 먹기는 했지만 호박이 정말 꿀맛이다. 목이 메어 옆에 흐르는 계곡물을 엎드려서 마셨다. 이가 시리고 폐까지 시려온다.

해가 지고 골짜기가 어두워온다.

"어머니! 타세요."

"낫이랑 톱이랑 모두 챙겼냐?"

"예."

그렇게 저물어서야 낡은 트럭을 덜컹거리며 어머니와 산 속을 내려가고 있다.

"내가 안 거들었으면 빈차로 올 뻔 했구나."

그랬다. 짐칸에 어머니가 나무를 싣지 않았다면 빈차로 내려갈 뻔한 것이다. 해가 지니 날씨가 더 추워온다.

집에 내려와서 참나무 태운 불에 고등어를 구워 노란 고구마 밥에 동치미를 곁들여 저녁밥을 먹는다. 이렇게 맛있을 수가…

"물 좀 주세요."

"이거 먹어라."

숭늉이었다. 구수하고 따끈하다.

"어머니! 안 힘들어요?"

"내가 다리만 안 아프면…"

어머니가 말꼬리에 여운을 남긴다. 평생을 농사일에 매달린 어머니는 관절염으로 고생을 하신다. 나도 그것이 일이라고 허리가 아프다. 어머니는 아직 식사중인데 나는 방바닥에 그냥 눕고 말았다.

낙엽 밟는 소리와 물 흐르는 소리
그
리
고…

별채

몇 날의 고민 끝에 결정을 내렸다. 본채를 짓기 전에 부엌과 욕실이 있는 작은 구들 방 별채를 먼저 짓기로 했다. 이유는 작은 흙집을 먼저 지어 경험을 하는 것이 좋을 것 같고, 또 지금 바로 골짜기로 이사를 하는 것이 아니고 몇 해는 더 오고가며 준비와 정리 할 시간이 필요하기 때문이다.

나만의 이야기는 아니겠지만 거주지를 이동한다는 것은 나 혼자만이 아닌 가족과의 합의가 있어야 되는 것이다. 그런데 아내는 골짜기보다는 도시에 미련이 있는 사람이다. 아이들도 공부를 마쳐야 하며, 사회에 진출할 때 까지만 이라도 가까이에서 보살펴주어야 하는 아직은 우리에게도 이런 과제가 남아있다.

봄이 올 때까지는 시간이 많이 있지만 눈이 내리기 전에 할 일이 있다. 터를 닦고 나무를 운반하고 껍질도 벗겨야한다. 방 한 칸의 작은 흙집. 전문가에게 맡기면 빨리 짓겠지만 몇 달이 걸릴지라도 내 손으로 지어보려고 한다.

집을 지어본 일이 없는 내가 별채와 본채 그렇게 두 채를 짓는다고 하니 어머니가 깜짝 놀라며 묻는다.

"어느 세월에 그 집을 혼자서 지으려고 하니?"

"한 3년 걸릴 거예요."

나는 웃으며 대답했다.

"시작하면 한 해에 끝내야지 명 짧은 사람은 그 집 구경 못 하겠구나."

어머니도 웃으며 말씀하신다.

그렇지만 나는 몇 해가 걸릴지라도 나의 고통과 인내와 땀으로 물들이며 그렇게 내 손으로 집을 지어보려고 한다. 좀 투박하면 어떤가. 겨울에는 온기가 흐르고 여름이면 나뭇잎에 비 젖는 소리가 들리는 그런 운치 있는 집을 지으려고 한다.

그리고 나는 날마다 거기서 흙냄새 스며들고 꽃잎이 날아드는 하늘을 보리. 안개가 내리는 골짜기 창가에는 내가 만든 책상을 놓고 따스한 벽난로를 놓고, 지쳐버린 나의 영혼을 쉬었다가 가게 하리. 어린아이가 그린 그림처럼 동화속의 정겨운 움막처럼, 그렇게 풍경이 있는 작은 집에 나는 매어있는 나의 영혼을 풀어 놓으리.

나는
날마다 거기서
꽃잎이 날아드는 하늘을 보리.

내일을 기다리며

봄에 더덕을 심으려고 밭 5,000평에 굴삭기를 투입하여 5일간의 공사를 했다. 여름에 산에서 내려오는 물이 잘 빠지도록 양쪽 옆으로 배수구를 팠다. 그리고 밭에 큰 돌을 골라내며 더덕뿌리가 잘 자라도록 밭을 깊이 파서 뒤집었다. 봄에 거름을 뿌리고 한 번 더 파 뒤집을 참이다.

이곳은 해발 800m의 골짜기 마지막 밭이다. 올라가면서 오른쪽에는 작은 계곡이 있고 그 위에는 나를 지켜주는 성황당이 있다. 앞에는 맑은 물이 흐르고 봄에는 들꽃이 겨울이면 눈꽃이 피어나는 정말 아름다운 산골이다.

나는 여기 경사진 산에는 장뇌삼을 심고 양지바른 언덕에는 복숭아나무를 심으려고 한다. 그리고 꽃잎이 날리는 산 속에서 봄을 맞으며 가을날 낙엽 지는 소리를 들으며 그렇게 살아가려고 한다.

옛날에는 먼 산 너머 서울을 그렇게도 동경했는데 지금 이 골짜기에 내가 있는 것은 왜인지 나도 아직은 잘 모르겠다. 하지만 언제인가 내 발길이 여기에 멈춘다면, 나는 이곳에서 변하지 않는 소나무를 벗하여 그렇게 살아가게 될 것이다.

어느 날 도시가 싫어져서 골짜기에 들어와 몇 밤을 자고 나면 외로움이 어둠처럼 밀려온다. 늘 처음처럼 마지막처럼 그렇게 열심히 살아가려고 했는데 세상은 나를 그냥 놓아주지 않았다. 어쩌란 말인가. 나는 지금 내 가슴에 머물고 있는 한 사람을 여기에 묻어두려고 이렇게 힘겨워하고 있는데…

높은 하늘을 보며 높은 저 산을 보며 내가 살아온 과거를 돌아보며 나는 지금 여기서 울먹이고 있다. 앙상하게 말라버린 골짜기의 갈대도 여름날을 그리워하며 매서운 바람에 서걱거리며 울고 있다.

산다는 것은 고통이다. 내가 살아간다는 것은 죽지 못하기 때문이다. 세상에 남아있는 버리지 못하는 미련이 아직도 나를 붙잡고 있기 때문이다.

또 하루의 길었던 밤은 갔다. 밤새 몸살 하던 나의 아픔은 그냥 이렇게 남겨둔 채 과거 속으로 떠나가 버렸다. 그래도 아침의 햇살이 눈부시게 내리는 여기는 참 아름다운 세상이라고 힘차게 외치며, 나는 또다시 내일을 기다릴 것이다.

지금 여기에 내가
왜
있
는
것인지.

공사 중단

오후 6시. 도시에서 나의 하루가 시작되는 시간이다. 가게에 들어와서 어머니에게 전화를 한다.

"저녁밥은 드셨나요?"

"그래 지금 먹는다."

"오늘 날씨는 추웠나요?"

"오늘은 쌀쌀했다. 그런데 애야! 내년에는 위쪽으로 집 지을 운이 아니란다."

우리는 옛날 할아버지가 살아계실 때부터 이사할 때나 집을 지을 때는 꼭 길일을 택하여 일을 시작한다. 내가 부엌이 있는 구들방을 한 채 짓는다고 하니 어머니가 이웃집 아저씨한테 물어본 것이다.

어떡하나. 겨울에 준비해서 봄이 오면 시작하려고 했는데. 다급해진 나는 후배에게 전화를 했다.

"이 일을 어떻게 하면 좋겠니?"

"그럼 땅이 더 얼기 전에 올해 기초공사부터 합시다. 내일 내가 갈게요."

우선 해가 바뀌기 전에 일을 시작하자는 것이다. 가게 영업이 끝나면 나는 새벽길을 가야한다. 집사람은 요즘 불만이 대단하다. 가장인 내가 영업 중인 가게는 뒷전이고 일주일에 절반을 골짜기에 가 있으니 말이다.

언제부터인가 나는 가게를 비우는 일이 많아졌다. 여름이면 산으로 겨울이면 바다로 이런 저런 이유로 많은 날을 밖에서 보내고 있다. 그런데 이제는 골짜기 생활을 준비하니 그런 날이 더 많아질 것이다.

봄같이 따스하던 겨울 날씨가 다시 추워졌다. 오늘은 어머니 생신인데 올해는 그냥 산골 동생 집에서 보내기로 했다. 내년에는 도시의 뷔페에서 어머니 친구들을 초대하여 근사한 칠순잔치를 차려 드려야지. 그렇게 생각하며 새벽 4시에 가게 영업을 마치고 큰아이와 함께 집을 나섰다. 아들 녀석은 가는 내내 뒷좌석에서 잠을 자고 졸린 나는 창문을 열고 바람을 맞으며 힘차게 달린다.

골짜기에 도착하니 아침 7시. 아침밥을 먹고 오후에는 굴삭기로 터 닦기 작업을 시작했다. 뜨거운 구들방에 운치 있는 작은 흙집 한 채 지어야지. 부엌이 있는 부뚜막엔 솥을 올리고 아궁이에 불을 지펴 두부를 하고 나물을 삶는 어머니의 소원을 이루어드려야지. 그리고 나는 어머니가 지은 가마솥의 맛있는 밥을 먹어야지.

오전에 굴삭기의 터 닦기 작업이 끝났다. 그리고 다음날 레미콘차 두 대가 와서 기초공사를 마쳤는데 여기서 공사를 중단해야 할 위기가 발생했다. 이대로 1년을 기다려야 한다니…

집 짓는 곳이 동쪽인데 그곳이 올해에는 삼살방위 라고 집안의 어른 한 분이 절대 반대한다. 나는 별로 믿고 싶지 않은 미신 같은 이야기지만, 집을 지으면 안 좋은 일이 생긴다고 하니 강행할 수도 없고 그대로 방치하자니 시작을 안한것 만도 못하게 되었다.

교통사고

 2월의 한파가 옷깃을 세우게 하던 날, 하루의 영업을 마치고 골짜기로 가기 위해서 나는 어머니와 같이 길을 나섰다. 어머니는 겨울이면 인천 집에 머물며, 여름 내내 산 속에서 장만하여 삶아 말린 나물과 약초를 시장 한 모퉁이에서 팔아 약값과 용돈으로 쓰면서 봄을 기다리신다.

 한 겨울 몇 달의 도시생활이지만 어머니에게는 여간 답답한 세월이 아니다. 내가 골짜기로 간다고 하니 산골이 날마다 궁금하신 어머니가 따라 나선 것이다. 고향의 친구들과 두고 온 두 마리의 진돗개가 늘 마음에 걸리기 때문이다.

 골짜기가 적적해서 내가 갖다놓은 진돗개는 겨울이면 동생이 오르내리면서 챙겨준다. 그런데 하루는 매어놓은 줄이 끊겨져 동생 집에 내려가 토종닭을 몇 마리 물어 죽이는 사고를 쳐서 감시대상이다.

 새벽 4시. 간간이 날리던 눈이 서울을 벗어나 양평을 지나자 와이퍼를 작동해야 할 만큼 쏟아진다. 홍천부터는 굽은 고갯길이 많다. 자주 다니는 길이지만 눈이 많이 쌓여서 조심하며 운전을 했다. 화촌면을 지나고 서석으로 들어가는 급커브의 내리막길을 만났다. 제동이 안 걸리고 미끄러지더니만, 순식간에 도로 옆 콘크리트 옹벽을 들이받고는 한 바퀴 돌아 중앙선을 넘어서 차가 멈추었다.

 범퍼가 깨지고 앞바퀴가 기울고 뒷바퀴는 무쇠가 부러져 아예 떨어져나갔다. 한적한 길이라서 마주 오는 차는 없었다. 다행히 어머니와 나는 다친 곳은 없지만 차가 많이 망가져서 어머니 근심이 태산이다.

"이것을 어떻게 하니?"

"공장에 가면 다시 새 차가 돼요."

"돈은 또 얼마나 들겠니?"

아침 6시. 겨울날은 아직도 어둡고 이런 어머니의 마음을 아는지 모르는지 눈은 속절없이 펑펑 쏟아져 내린다.

보험회사에 연락을 하고 골짜기에 사는 동생에게 전화를 했다. 약 30분이 지나자 망가진 차는 홍천읍내에 있는 정비공장에서 싣고 갔다. 그리고 어머니와 나는 마중 나온 동생의 지프차를 타고 골짜기로 들어갔다.

사고가 난지 10여일 후. 나는 인천시외버스 터미널에서 홍천으로 가는 버스에 승차했다. 정비공장에서 차 수리가 다되었다고 연락이 온 것이다.

얼마 만인가. 이렇게 차창 밖의 겨울풍경을 한가히 감상하며 달리는 버스에서 단잠을 자는 것이. 정비공장에 도착하니 차는 언제 그랬냐는 듯 말끔히 고쳐져 새 차가 되어있었다. 나는 겨울 한낮의 태양을 받으며 상념에 잠기며 그렇게 또다시 겨울들판을 달리고 있었다.

방황의 날들

이 겨울은 나를 과거 속으로 밀어 넣고 있다. 벌써 며칠 째인가. 사막에서 물을 찾아 헤매는 꿈에 시달린 지가.

속이 탄다. 참을 수 없는 목마름에 갈증하며 눈을 뜨고 벽에 걸린 시계를 보니 오후 4시30분. 창문 틈새로 겨울날 지는 해의 희미한 볕이 내 눈동자에 내려와 앉는다. 헝클어진 머리카락과 흔들리는 머리를 치켜들고 정수기에서 한사발의 물을 받아 벌컥벌컥 마셨다. 목 줄기가 시원하다. 쓰린 속도 시원해온다.

지난밤에 무슨 일이 있었나. 기억을 더듬어보지만 늘 그랬듯이 안개처럼 아련하다. 언제부터인가 술을 마시게 되었고 폭주를 하게 되었고 이제는 필름마저 끊어진다. 내 삶의 목록에는 없는 것인데 어느 날부터 생활의 일부가 되어버렸다.

그랬다. 나는 지금 이렇게 힘겨운 하루하루를 보내며 나를 혹사 시키고 있는 것이다. 가슴 벅차게 버스를 타던 그 날의 꿈은 버스와 함께 떠나버렸다. 여기에 나를 이렇게 본체만체 버려 둔 채로⋯

그림 같은 미래를 꿈꾸던 나의 마지막은 어떤 것일까. 어떤 모습 으로 나는 이 눈부신 세상을 마감하려나. 늘 불안정한 마음으로 하루를 시작한다.

"그녀가 나에게 이별을 청하기 전에 내가 먼저 그녀의 곁을 떠나 가야 했는데."

나는 오늘도 후회하며 술을 마신다. 차츰 주량이 늘어가고 취하 는 날이 많아진다. 인간은 아니, 나는 어디까지 타락할 수 있을까.

나는 지금 그것을 내 스스로 체험이라도 하듯이 말이다.

운영하는 가게가 유흥업소이다 보니 늘 술 마실 기회는 있다. 친구가 찾아와서… 비가 내려서… 등등의 이런저런 이유도 참 많지만 내가 먹고 싶으니까 먹을 테지.

술에 취하면 잠시지만 현실을 망각할 수가 있다. 하지만 옛일이 생각나고 과거가 더욱 그리워지고 나를 통제할 수 없는 고통 속으로 빠져들게 한다. 나는 그것을 많은 시간이 지나간 후 지금에서야 알게 되었다.

음악생활이 인연이 되어서 어쩌다가 이렇게 생업이 되어버린 유흥업소. 빨리 청산해야지 하면서도 어느덧 10년의 세월이 훌쩍 지나가 버렸다. 술만 절제 할 수 있다면 이 생활도 매력은 있는데 그러지 못하고 내 몸이 많이 상하여 안타깝다.

낮과 밤을 바꾸어 생활하는 평범하지 않은 일상이지만 여기에도 좋은 점은 있다. 낮 시간을 잘 활용한다면 나에게 얼마든지 많은 변화를 줄 수 있기 때문이다.

나도 이제 다시 내 앞에 있는 많은 것들 중 또 하나에 도전하려고 한다. 모든 것이 그렇듯 노력과 고통 없이 그냥 얻어지는 것은 하나도 없다. 많이 힘들겠지만 어찌하든 숨어있는 나의 또 다른 재능을 찾아내야한다. 분명 나에게 주어진 세상살이의 능력이 지금 내가 알며 살아온 이것이 모두는 아닐 것이다. 내 안의 어딘가에는 찬란한 나의 미래를 행복하게 해 줄 도구가 분명 있을 것이다.

이렇게 바보처럼 살아가다가 세상과 이별을 하기는 정말 싫다. 아직 나에게 남아있는 시간들을 이대로 허송하기도 싫다. 너무 억울하잖아. 환생하지 못하고 사라져가는 그 많은 가여운 영혼들 중에 나는 인간으로 선택받아 사람으로 태어났다. 그러기에 나는 이제 두 번 다시는 나에게 오지 않을 이 세상을 이렇게 마감하기는 정말 싫은 것이다.

이별 여행

　너무 춥다. 따스한 숙소를 찾아서 피곤한 몸을 어둠에 맡기고 쓰러졌다.

　이별 여행. 이번이 정말 마지막이려나. 동해바다에는 지금 눈이 내린다는데. 새벽길을 떠나려고 일찍 잠을 청해보지만 좀처럼 잠들지 못하고 있다.

　바람이 차다. 숙소를 나와서 우리는 지금 고속도로를 달리고 있다. 차창 밖은 아직도 어둠에 쌓여있고 대관령이 가까워서야 날이 밝기 시작했다.

　얼마 만인가. 검푸른 파도가 밀려와서 하얗게 부서지는 겨울의 저 바다를 보는 것이. 다행히 날씨는 맑았다. 우리보다도 먼저 와서 아침을 기다리는 연인들이 있었다. 눈부시게 떠오르는 붉은 태양을 본다. 새벽길을 달려온 우리 두 사람은 온기가 흐르는 승용차의 실내에서 잠시 눈을 붙였다.

　설경의 설악산을 바라보며 한계령을 오르는 것도 이번이 마지막이려나. 여기에 남겨진 수많은 추억들이 영화처럼 스쳐지나간다.

　눈이 펑펑 쏟아져 내리던 날이었지. 자동차의 월동장구, 체인을 준비하지 못해서 한계령을 바라보며 허둥대던 날이. 온통 눈꽃의 설악산에 감탄하며 어린아이처럼 즐거웠던 날이. 그래, 가버린 그 날의 겨울이 또다시 주마등처럼 떠오른다.

　꼬불꼬불 고개를 올라가서 한계령 정상 주차장에 차를 멈추었다. 차가운 겨울바람이 불어온다. 휴게소의 따스한 난로 앞에 마주서서 차를 마신다. 그리고 다시 밖으로 나와서 멀리 보이는 저 아래를 내려다본다. 겨울의 설악산이 한 폭의 그림처럼 내 앞에 펼쳐져 있다.

"이제 가자."

이 겨울에 여름날의 추억이 남아있는 한계령 길을 내려간다.

언제였나.

지나가는 여행객의 오토바이 뒤에 타고 이 길을 내려가던 그날이. 우리는 뒤에 매어놓은 배낭이 떨어진 것도 모르고 즐거웠었지. 그랬었지. 우리는 지금 그 길을 지나서 또 하나의 잊지 못할 추억이 기다리는 인제 원통 방면으로 들어서고 있다.

캄캄한 밤이었지. 승용차에 연료를 보충해야 하는데 주유소를 그냥 지나가버렸지. 그래서 우리는 심각했었지. 낯선 곳에서 어두운 여름밤에 미아가 될 뻔 한 그런 잊혀지지 않는 사건이 있었지.

오늘밤은 어디서 머물까. 눈을 감고도 갈 수 있을 만큼 익숙한 이 길을 이제는 마지막이라고 생각하니 마음이 무겁다.

그래야지. 오늘은 뜨거운 온천에서 하룻밤을 보내야지. 해가 지는 겨울은 쓸쓸하다. 은비색의 쏘나타승용차는 어느새 한적한 산속의 허브농장을 들렀다가 작은 지방도시 홍천으로 들어서고 있다.

뜨거운 온천물에 허브 향을 따르고 몸을 담갔다. 밤새 갈등하며 잠을 설치며 그렇게 늦은 아침에서야 눈을 떴다. 바닥에 버려졌던 옷을 다시 주섬주섬 챙겨 입고 계단을 내려와서 현관문을 밀쳤다. 온천의 마당에는 지난밤에 내린 하얀 눈이 수북이 쌓여 있었다.

어디로 해서 돌아갈까. 낯선 길을 가고 싶은데…

마지막이라서 그렇겠지. 나는 지금 이 겨울 흐린 하늘만큼이나 우울한 마음으로 돌아가고 있다. 시간은 참 빠르기도하다. 우리는 어느새 그날 밤 머물렀던 거기에 다시 돌아와 있었으니.

겨울은 늘 이렇게도 나에게 잊지 못할 흔적을 남기며 지나가곤
한다. 언제였나. 철원 평야의 그 겨울이.

동송

계절과 함께 기뻐하고 슬퍼하는 동안 시간은 속절없이 지나 또 한해의 겨울을 맞이하고 있었다. 우리는 하얗게 눈 덮인 호반의 도시 춘천을 지나고 화천을 지나고 그리고 김화를 돌아서 철원으로 가고 있다. 저 아래 강이 보이고 산 밑에 작은집이 보인다.

"우리도 저런 곳에서 집 짓고 살래?"

그녀는 말이 없다.

낯설은 고갯길에는 눈이 쌓여있고 해가 지는 골짜기 군부대 초소에는 철모를 쓴 표정 없는 병사가 총을 들고 서있다.

얼마나 추울까. 얼마나 외롭겠니. 우리는 이렇게 슬픈 여행을 하고 있는데, 너는 거기서 지금 세상의 모두를 짊어지고 따스한 봄이 오기만을 기다리고 있겠지. 이 저녁의 시린 바람보다도 더 아픈 나의 가슴은 보지 못한 채, 너는 지금 나를 동경하고 있겠지. 그렇겠지.

눈 덮인 산길을 한참 지나서 마을에 들어섰다. 삼거리. 차가운 겨울바람 앞에 불빛도 초라하게 깜박거리는 찻집을 찾았다. 따스한 난로 가에 마주앉아 차를 마신다.

"오늘밤은 동송에 가서 잠을 자자."

나는 그녀에게 말을 건넨다. 밖에 나오니 날은 이미 어두워져 있었다. 우리는 다시 길을 물어서 동송으로 가고 있다.

낯선 길의 여행은 늘 설레지만 눈 덮인 산골길은 얼어붙어 미끄럽다. 거리는 캄캄하고 이정표도 보이지가 않는다. 한참만에야 민

가를 찾아서 길을 물어 또다시 얼마를 지나갔을까. 어둠 속에 불빛이 모여 있는 저 만치가 참 반갑게 마중을 한다.

동송. 지방의 작은 읍내였다. 건물을 밝혀주는 간판을 따라서 한 번을 돌았다. 그리고 두 곳의 숙소를 들렀지만 마음에 들지 않았다.

"다른 곳으로 가자."

나는 이렇게 말을 하며 다시 어둠 속으로 멀어져가고 있다.

빨강색의 네온이 출렁거리는 도로 옆 세 번째 건물 주차장으로 자동차가 미끄러지듯이 들어갔다. 이 겨울밤 낯선 곳에서 또 하루의 못 잊을 추억을 남긴다. 언젠가 나에게 그리움으로 다가올 오늘이 낯선 이곳의 어둠 속에 새겨지고 있다.

아침이 밝았다. 여기가 어딜까. 커튼을 걷고 3층 창문을 열어 밖을 보니 밤새 눈이 하얗게 내려있다. 앞에는 관광지고 뒤에는 벌판이다. 여기가 신 철원. 잘 정돈된 음식점에 들어가서 아침 겸 점심밥을 먹었다. 직탕 폭포. 한국의 나이아가라 폭포라고 했던가. 드라마에서 보았던 그곳을 잠시 들렀다가 전방으로 차를 돌렸다.

제2땅굴. 백마고지. 월정리역전망대. 이정표가 보인다. 전쟁 때 포탄과 총탄의 상처로 얼룩진 뼈만 앙상한 건물 앞에 차를 주차했다.

"들어가 보고 가자."

우리는 눈을 밟으며 폐허가 되어버린 건물 안으로 들어갔다.

노동당사. 2002년 5월 31일 등록문화재 제22호로 지정된 옛 조선노동당의 철원군 당사 건물이다. 이 건물은 6.25전쟁으로 남쪽에 빼앗길 때까지 주로 납북인사와 반공인사를 임시 수용하였으며, 후퇴할 때 무자비하게 학살을 했다고 한다. 철근이 없이 지어진 이 콘크리트 건물은 2층과 3층이 내려앉아 골조만 남아 있었다.

"철원평야. 말로만 들었었는데 꽤 넓네."

"그렇지?"

철새도래지. 이정표를 따라 좁은 길을 지나가니 작은 산에 나무가 여기저기 부러져있다.

"저 나무가 왜 부러졌는지 알아?"

그녀가 나에게 묻는다.

"글쎄."

"눈의 무게에 눌려 부러진 거야. 부러질 땐 소리가 엄청 크대. 절에 갔을 때 스님이 말했어."

어느새 우리는 더 갈 수 없는 마지막 마을까지 왔다.

백마고지. 395고지라고도 한다. 전쟁 때 심한 포격으로 파괴되어 공중에서 보니 마치 백마(白馬)가 누워있는 것과 같다고 하여 붙여진 이름이란다. 1952년 10월. 정예군으로 알려진 중공군 제38군이 국군 제9사단이 지키고 있는 395고지에 공격을 개시했다. 이 고지의 주인이 24회나 바뀔 정도로 혈전을 벌인 곳이다.

중공군은 이 전투에 1개 군단의 병력을 투입하여 1개 사단의 병력을 잃었다. 아군 제9사단도 3,400여 명의 전사자를 내면서 끝까지 사수한 고지다. 이 백마고지전투 기념관에 병사들은 쌓인 눈을 쓸고 있다. 우리 두 사람은 손잡고 계단을 오르고 있다.

한 낮이 지나가는 겨울의 오후는 햇살이 눈부시다. 철원과 동송을 이렇게 멀리 뒤로하고 이제 연천과 포천을 향해서 우리는 가고 있다. 어제와는 달리 넓은 도로를 한낮에 질주하며 차창 밖의 풍경을 감상하고 있다.

오늘은 또 어디에서 머물까. 이 겨울 두 사람의 여행길은 늘 머물 곳이 마땅치가 않다. 오늘도 해가 질 무렵에서야 포천에 도착했다. 오늘 저녁은 무엇을 먹을까. 이것도 고민이다. 토속음식점에 들어갔다. 따스한 방에 마주앉아 따끈한 물 컵을 두 손으로 감싸 쥐었다.

낯선 곳에서의 밤은 언제나 가슴이 설렌다. 2층 커피숍으로 올라가 차를 마시는 우리는 말이 없다. 밖으로 나와서 길을 걷는다. 보디가드. 밝은 빛의 간판이 보이는 곳으로 가고 있었다. 그랬다. 나는 그녀에게 무엇인가 하나 사주고 싶었던 것이다.

오늘도 이렇게 여기서 이 겨울의 하루가 저물어가고 있다. 이 밤이 가고 새벽이 가고 또 다시 아침이 밝아오면 우리는 어딘가로 다시 길을 떠나겠지. 외로움과 쓸쓸함만이 가득하게 기다리는 우리의 겨울 속으로.

사진 / 철원사랑.

골짜기의 봄

하얗게 눈이 쌓였던 골짜기의 그 춥던 겨울은 가고 없다. 양지바른 모퉁이 아지랭이 피어나고 새싹이 돋아나는 봄이 돌아온 것이다. 이제 긴 여름의 찌는 더위를 상상하며 앞산 어미 소 한가히 풀 뜯는 모습을 그려보며 나는 지금 어설픈 농부로 돌아가려고 한다.

작년에 심어놓은 과일나무에 살균을 해야 하고 더덕과 감자 그리고 삶아먹을 찰옥수수도 조금은 심어야한다. 이제 주말이면 어김없이 어둠을 가르고 안개를 헤치면서 이 골짜기로 달려올 것이다. 또 다시 가을이 물들고 낙엽이 지고 먼 산 하얗게 눈발이 날리는 그 날까지.

저 들판에서 소를 몰던 아버지와 씨앗을 뿌리는 어머니의 뒤를 바라보던 그날이 어제이거늘, 어느새 나도 아버지가 되어서 그 자리를 대신하려고한다. 들판을 보니 눈물이 난다. 차츰 작아지는 어머니를 보니 가슴이 미어진다. 골짜기의 눈 녹은 맑은 물은 졸졸거리며 집 앞 개울을 지나서 평화롭게 바다로 흘러가고 있다.

봄이 오면… 봄이 오면… 내 마음도 골짜기의 저 나뭇잎처럼 파랗게 다시 피어 날줄 알았는데. 슬펐던 기억들은 겨울과 함께 멀리 멀리 떠나갈 줄 알았는데. 아직도 나에게는 겨울이 남아있다. 그 겨울의 기억들이 나를 붙잡고 있다.

거리 200km. 인천에서 2시간20분의 새벽길을 달려서 골짜기 집의 마당에 들어섰다. 진돗개가 어찌할 줄을 모르고 나를 반겨준다. 겨울에는 자주 오지도 못했는데 그래도 잊지 않고 이렇게 반겨주는 것이다.

언제일까. 내가 이 골짜기에 다시 돌아와서 머무를 때 동무하려고 데려왔는데, 그런데 기약은 없고 이렇게 왔다가 훌쩍 떠나버리는 야속한 주인이 되어버렸다. 하지만 언젠가는 양지바른 언덕에 그림 같은 집을 짓고 너와 놀아줄 그런 날이 있으리.

아침에는 추워서 긴 팔을 입었는데 오후가 되니 한 여름의 날씨가 시작되었다. 이가 시린 계곡 물을 엎드려서 마신다. 목 줄기가 차갑게 꿀꺽꿀꺽 넘어간다. 얼굴을 담갔다. 흐르던 땀방울이 물속에서 부서진다. 나는 벌써 3일째 골짜기에 내려와서 이렇게 농사일에 매달이고 있다.

처음의 계획과는 달리 더덕은 500평만 우선 시험재배를 하고, 감자 5,000평과 그 위에 이모작으로 고랭지 무를 재배하기로 했다. 모든 작물이 그렇지만 특히 더덕은 재배기술이 필요한 작물이기 때문에 우선 시험재배를 해보기로 한 것이다.

농사일이 시작되니 일손이 딸린다. 젊은 일꾼은 구경하기도 힘들고 30km밖의 먼 동네에서 아줌마농군을 모셔오는데, 평균나이 60세가 넘는 모두 어머니 같은 분들이다. 이렇게 나이는 많지만 평생 농사일을 하신 분들이라서 일에는 박사다.

옛날. 어머니를 도와서 농사일을 거들곤 했지만, 내가 이렇게 며칠째 무거운 감자 종자를 들어 나르며 이 넓은 밭에 감자를 심어보기는 처음이다.

참 힘들다. 첫날 밤은 밤새 끙끙 앓았고 두 번째 날은 다리에 쥐가 났다. 그리고 장갑을 끼었는데도 손에 물집이 생겼다. 나를 키우기 위해 지금까지 흙을 파며 살아온 우리 어머니는 얼마나 힘들었을까. 오늘밤도 곤히 잠든 어머니 곁에서 나는 온몸이 아파 뒤척이고 있다.

날이 밝았다. 바쁘게 하루를 보냈지만 아직도 못 다한 일들이 많은데 맥없이 지는 해는 붉은 석양으로 멀어지고 있다. 내일이면 5일째. 내일 밤에는 돌아가야 한다. 늦게 시작한 공부 중간고사도 있고 리포터도 작성해야하며 아내에게 맡기고 며칠 비워둔 가게도 걱정이 된다.

해가 지니까 춥다. 개울물에 발을 씻는데 허리가 너무 아파서 그대로 누워버렸다. 하늘은 별 뜰 채비를 하고 발은 저리도록 시려온다.

방에 들어와서 쓰러져 잠이 들었다. 한참 만에 눈을 뜨니 머리맡에 밥상을 차려놓은 어머니는 내가 깨어나기를 기다리고 있었다. 밖은 이미 둥근 달이 하늘 한 가운데 떠있었다.

골짜기의 맑은 물은
바
　다
　　로
　　　흘
　　　　러
　　　　　가
　　　　　고.

나보다도 더 아픈 영혼 앞에서

오늘 도시로 돌아오는 길은 마음이 왜 이렇게도 초조할까. 나는 차창밖에 쏟아지는 빗물을 바라보며 불안하게 외곽순환도로를 달리고 있었다. 아직 시간이 많은데 어디로 갈까. 비가 내리는 도심의 밤거리는 나를 이렇게 흔들리게 하고 있다.

그 사람은 지금 나하고 다른 행복한 미소로 웃음 짓고 있을 테지. 그럴 테지. 톨게이트를 나왔다. 질퍽거리는 거리를 지나서 나는 언젠가 기억에 있는 호프집으로 차를 돌린다.

불빛도 오늘은 날씨만큼이나 처량하다. 쓸쓸한 실내에는 잊지 않고 기억하는 주인이 나를 반겨준다. 술병이 비워지고 취기가 오르고 지나간 날들이 파도처럼 밀려온다. 그렇구나. 오늘도 이렇게 나는 너를 기다리며 여기서 술잔을 비우고 있구나.

툭! 툭! 빗물이 밤새 창문을 두드린다. 어제부터 내리기 시작한 비는 이렇게 밤이 새도록 창문을 두드리고 나를 두드리며 내리고 있다. 내 가슴도 그렇게 밤새 비에 젖어 울고 있었다.

청아 공원. 슬픈 영혼들이 잠들어 있는 곳. 비가 내리는 흐린 하늘은 나를 참 힘들게도 짓누르고 있다.

"이제야 왔습니다. 떨리는 마음으로 당신 앞에 섰습니다. 속죄할 수 없는 엄청난 짐을 지고 여기에 왔습니다. 나보다도 더 아픈 당신의 슬픈 영혼 앞에서 차마 나는 눈물을 보일 수가 없습니다."

그랬다. 하늘에서 차갑게 비가 내리던 이른 봄날. 나는 빗물을 밀쳐내며 도심 속을 벗어나서 일산의 청아공원에 있었다. 그 잠시를 인내하지 못하고 세상에서의 마지막을 배웅하지 못한 참회의 마음으로… 몇 년의 세월을 기다려서 그렇게 당신 앞에 섰지만 나는 차마 소리 내어 울 수가 없었다.

　살아있는 사람보다도 죽은 이가 더 많은 것만 같은 그곳의 잠겨진 유리문 안에는, 웃는 얼굴의 사진이 놓여있었고 당신이 좋아하는 시계가 놓여있었고 태워진 육신 한줌의 재가 작은 단지에 갇혀있었다.

나보다도 더 아픈
당신의
슬픈
영혼 앞에서.

물리치료

며칠 만에 돌아오니 여기 도시에서도 할 일이 많다. 다른 날 보다는 일찍 가게에 나와서 청소를 하고 물건을 받아놓고 영업 준비를 마쳤다. 늘 나는 이렇게 어느 한 곳에도 정을 붙이지 못하고 바쁘게만 살아가고 있다.

허리가 너무 많이 아파서 움직일 수가 없다. 일이 힘들어서 그렇겠지. 그렇게 생각하고 참았는데 오늘은 병원을 가야 할 만큼 심하게 아파 온다.

집에서 멀지 않은 곳에 있는 병원으로 갔다. 접수를 하고 한참을 기다려서야 내 이름을 불렀다. 담당의사는 아픈 곳을 묻고 아픈 이유를 묻고 방사선 사진을 찍으라고 했다. 그리고 또 얼마가 지나서야 나를 다시 불렀다.

병원에 오면 이렇게 기다리는 시간이 너무 지루하다. 그래서 나는 감기정도로 병원에 갈 일이 있으면 동네에 있는 작은 의원으로 간다. 거기는 기다리는 일이 없이 바로 진료를 받을 수 있기 때문이다.

"너무 무리했네요. 한 2주간 약물과 물리치료를 병행하면 좋아질 겁니다."

의외로 심각했다. 의사는 사진을 걸어놓고 몇 번과 몇 번의 뼈가 어긋났다고 잔뜩 겁을 줬다. 골짜기에서 며칠 동안 무거운 감자종자를 들어 나르며 평소에는 하지 않던 일을 무리하게 한 것이 원인이었다.

나는 저녁이면 가게에 나와서 새벽까지 영업을 하고 낮에는 꼼짝 없이 병원에 가서 주사를 맞고 물리치료를 1시간씩 받았다. 그렇게 도시에서의 2주일이 지나갔다. 일을 안 해서 그런지 치료를 받아서 그런지 허리 통증도 많이 사라지고 부드러워 졌다.

　"많이 좋아졌네요. 무거운 것은 절대로 들지 말고 힘든 일은 하지 마세요."

　의사의 말에 가슴이 철렁한다. 이제 농사가 시작인데 힘든 일은 하지 말라고 하니 큰일이 아닌가.

　여러 날 골짜기를 비워서 궁금하기도 하고 걱정도 되고 할 일은 태산인데 몸은 하나니 마음만 급하다. 이제 허리도 웬만하니 이번 주말에는 골짜기로 들어가야 되겠다. 밭에 파종한 감자는 씨가 잘 붙었는지 더덕도 잘 나오고 있는지 마음이 몹시 심란하다.

그런 날 있겠지

　오늘은 가로수 벚꽃이 눈부시도록 하얀 서울의 거리를 바라보며 도심 속을 달리고 있다. 즐비하게 서있는 빌딩을 돌아서 건물 뒤편 주차장에 차를 두고 우리는 건물 안으로 들어갔다.

　키가 훤칠하니 입는 옷마다 멋있어 보인다. 그 중에서 아이보리 색 치마를 입으니 참 예쁘다. 이렇게 여러 점포를 돌며 몇 벌의 옷을 입고 벗기를 반복한 뒤에야 쇼핑은 끝이 났다. 그리고 우리는 오던 길을 돌아서 다시 하행선을 달리고 있었다.

　머리가 아프다. 언제부터인가 나는 잠을 이룰 수 없을만큼 머리가 많이 아파 온다. 정신도 혼미해져온다. 한 사람은 행복을 꿈꾸며 사랑을 스케치하고 있는데 한 사람은 이렇게 어둠의 늪에서 소리 없이 울고 있다.

　길었던 여정 아니, 잠시 스쳐 지나가는 여기, 꽃이 피고 새가 울고 바람 부는 세상에서의 설움은 이렇게 끝이 나는가보다. 가슴 뭉클했던 기억도 사랑이라는 기쁘고 슬펐던 이야기도 저 강물에 던져버리고 이제 나는 돌아가야 한다. 한 사람의 마지막 울음소리를 들으며, 바람을 타고 구름을 타고 내가 싫어하는 해가지는 저녁노을 그림자처럼 나는 다시 돌아가야 한다.

　차마 현실을 거부할 수 없는 운명 앞에 어쩔 수 없는 시련 앞에 나는 지금 목이 메인다. 어느새 지나가 버린 많은 세월은 나에게 지울 수 없는 서글픈 그 이름 세 글자 가슴에 새겨놓고, 오늘도 바람 속으로 멀어지고 있다. 나는 가야해. 나약해진 자신에게 수없이 다짐하며 이렇게 추억을 두고 떠나려고 한다.

"너를 보면 나는 언제나 행복했어."

그랬다. 힘겨움이 나를 시험할 때마다 나는 언제나 너를 찾았었고 그때마다 너는 바다 같이 넓은 가슴으로 나를 포용했었지. 그랬었지. 이제는 더 갈 수 없는 세상의 끝에서, 나는 지금 흩어지며 사라지고 마는 잡을 수 없는 바람 같은 그 무엇을 붙잡으려고 애쓰고 있다.

"미안해. 정말 미안해."

너에게 해줄 수 있는 것은 이 말 밖에는 없구나. 어쩌란 말인가. 가버린 시간 돌아올 수 없는 세월을. 이제 나는 먼 길을 떠나려고 채비하고 있다. 상처 진 가슴에 회한의 눈물을 뿌리며 돌아올 수 없는 날의 추억을 밟으며 그렇게 길 떠날 채비를 하고 있다. 그 작은 희망을 안고 힘겹게 시작하려는 너를 바라보며…

오늘은 바람이 분다. 세상에 매달린 모두는 위태롭게 흔들린다. 나의 가슴에 대롱거리는 그 남은 하나마저도 흔들리고 있다.

"나는 이 저녁 마지막 지는 저 해가 너무 싫어."

그랬다. 나는 바람 부는 이 거리를 마지막 붉은 빛으로 세상을 초라하게 물들이며 사라져가는 저 해를 싫어한다.

자주 가던 음식점에서 마주앉았다.

"우리 언제 다시 이렇게 마주 앉을 날 있겠니?"

허기진 배를 채우며 나는 그녀에게 말을 건넨다. 그랬다. 이제 나는 어느 날부터 연극배우가 되어서 다시 태어나야한다. 그것이 내가 살아가야 할 또 하나의 인생일 테다.

바보. 저 하늘을 볼 수 있는 그날까지 너도 바보가 되어서 살아가야 한다. 해가지는 저녁의 바람 부는 거리에서 쓸쓸하게 떠나가는 너의 뒷모습을 나는 멍하니 바라보고 있다.

그래. 너도 그런 날 있겠지. 오늘을 회상하며 회한의 눈물을 흘리며 나를 기억하고 싶은 너도 그런 날 있겠지.

꽃피는 삼밭골

여러 날 만에 도심을 벗어나 팔당 대교를 건너고 있다. 양수리의 새벽 강에는 물안개가 자욱하다. 언제 가도 싫지 않은 이 길은 나에게 희망을 주고 기쁨을 주고 도시에서 찌든 나의 영혼을 맑게도 씻어준다.

동이 트는 이른 아침 꼬불꼬불 행치령을 오르고 있다. 내가 없는 동안 나뭇잎이 파랗게 피어나서 산이 푸르다. 마을 입구에 들어서니 동네가 한눈에 들어온다. 숨 막히던 나의 가슴이 산속의 안개처럼 서서히 열리고 있다.

골짜기의 아침은 너무도 힘차게 시작된다. 태양이 눈부시게 솟아오르고 파란 나뭇가지 위에는 새들이 날며 아침이슬을 먹고 있다. 산 중턱에는 벚나무가 눈송이처럼 하얗고 들판에는 이름 모를 꽃들이 세상을 향해 피어나고 있다.

오월이 푸르게 밀려오는 골짜기 나의 들판. 여기에 파종한 감자 씨앗도 땅을 헤치고 세상으로 하나 둘 나오기 시작했다. 몇 해 전에 심어놓은 복숭아나무도 뒷산 돌배나무도 붉게 하얗게 꽃을 피웠다. 내가 좋아하는 양지의 두릅나무 순은 나를 기다리다가 이미 쇠어버렸고 옆에 느릅나무 가지가 세상을 향해 잎을 펼친다.

봄바람이 대단했나보다. 해마다 봄이면 여름날 태풍처럼 한두 차례 바람이 심하게 불어온다. 감자밭에 멀칭을 한 검은 비닐을 많은 이랑 바람이 걷어다가 산 중턱 나무 가지에 걸어놓았다. 품 몇 개가 바람에 날아간 것이다. 감자 싹이 더 자라기 전에 서둘러 밭이랑에 비닐을 다시 덮고 감자 잎이 나오는 틈새를 터 줘야한다.

이렇게 검은 비닐로 밭이랑을 덮어 멀칭을 하고 감자 씨앗을 파종하는 것은, 환경호르몬이 염려는 되지만 퇴비의 유실을 막을 수 있기 때문이다. 또한 작물에 가장 큰 피해를 주는 잡초를 제거할 수도 있다. 그뿐만이 아니다. 지온을 상승시키고 토양의 수분을 유지해주며, 병충해를 방지하여 작물성장을 촉진하는 효과에 그 목적이 있다. 이제 시작인데 벌써부터 자연 앞에 바람 앞에 나는 시련을 받고 있다.

오늘은 하루 종일 바람에 벗겨진 감자밭의 비닐을 다시 씌우고 있다. 틈새가 있는 곳은 바람이 불면 날아간다. 이렇게 불안한 곳은 이랑마다 다니면서 삽으로 흙을 퍼서 덮어야한다. 여기는 감자 잎이 모두 자라서 싹이 시들게 되면, 감자를 수확하지 않고 그 위에 이모작으로 무 씨앗이나 배추모종을 파종한다. 그래서 비닐을 모두 씌워야 이 모작 작물이 빨리 성장한다.

한 낮은 뜨겁다. 허리를 구부리고 하는 일이니 더디고 힘도 많이 든다. 한 이랑 마치고 한참을 쉬고 물가를 수없이 오고간다. 이렇게 힘겨움 속에도 바람에 날려 오는 봄의 향기는 나의 머리를 참 맑게도 스치고 지나간다.

봄 가뭄에 골짜기의 계곡 물이 눈에 띄게 줄었다. 혼자서 일하다가 목이 마르면 엎드려서 마시고, 땀이 흐르면 얼굴을 씻는 나에게는 생명수 같은 이 물가에도 붉은 진달래꽃이 휘어지며 피어있다.

아침가리

　여기는 가는 곳마다 발길 머무는 곳마다 눈에 보이는 모두가 새롭기만 하다. 첩첩산중 길이 있는 곳이라면 거부하지 않고 다녔거늘 아침가리. 여기는 나도 처음이다.

　"자 먹어봐."

　나는 작은 쪽박에 약수 물을 가득하게 떠서 그녀에게 건네주었다.

　"음~ 못 먹겠어."

　몇 모금 마시고 나에게 다시 내민다. 처음 먹는 것도 아닌데 입에 안 맞는가보다.

　방동약수. 이 약수는 약 300년 전, 심마니의 꿈에 나타난 백발노인이 알려준 곳에서 산삼을 캐고 그 자리에 솟아난 샘물이 바로 지금의 이 방동약수라고 한다. 요즘은 날씨가 가물어서 약수가 제 맛이 난다. 약수는 비가 내리는 날이나 장마철에는 객수가 흘러들어 그런 날은 약수 마시는 것을 피하는 것이 좋다.

　나는 몸에 좋다는 것은 잘도 챙겨먹는데 특히 이 약수가 위장에 좋다고 해서 한참을 퍼마셨다. 그리고 내려오는 길에 한 노인에게 물었다.

　"이 산을 넘어가면 어딘가요?"

　"그 산을 넘으면 아침가리 인데 계속 가면 내면 광원리가 나오지. 그런데 이 산 꼭대기까지만 도로가 포장이 되어있어서 더 이상은 길이 험해 못 가."

나도 가까이에 살았지만 3둔4가리는 말로 전해 들어서 궁금했다. 약수터를 나오는 길가에는 예쁜 야생화가 피어있다. 그녀는 카메라로 언젠가는 추억이 되어버릴 오늘을 사진으로 담으며 꽃처럼 웃고 있었다.

아침가리. 강원도 인제군 기린면과 홍천군 내면에는 오래 전부터 외딴 산골마을이 있는데 여기를 3둔4가리라고 불렀다. 3둔4가리는 조선시대 예언서인 정감록(鄭鑑錄)에 의하면 난리를 피할 수 있는 최고의 피난처로 꼽히는 곳이었다. 3둔(살둔. 달둔. 월둔.)은 홍천군 내면이고 4가리(아침가리. 연가리. 적가리. 명지가리.)는 인제군 기린면 지역 곳곳에 있는 산골이다.

아침가리 고개는 굉장히 가파르고 높았다. 산 정상에서 잠시 망설이던 나는, 예전에 여기보다도 더 험하고 높았던 비포장의 조침령을 그녀와 승용차로 넘은 경험이 있어 운행을 강행하기로 했다. 그뿐만이 아니다. 고랭지 감자와 채소 재배지로 잘 알려진 강원도의 고원지대 암반덕도 그녀와 승용차로 오른 적이 있다.

암반덕은 암반데기 라고도 불리며, 평창군과 경계지만 행정구역은 강원도 강릉시 왕산면에 속하는 해발 800고지의 고랭지 배추재배지로 유명한 곳이다. 그때 암반덕을 오르는 비포장의 산길을 들어서니 고목나무가 우거져서 하늘이 보이지가 않았다. 승용차로 가기에는 무리인 그 길을 꼬불꼬불 한참을 올라갔다. 그리고는 아! 나는 감탄의 신음소리를 내고야 말았다. 그 높은 곳에 고원의 들판이 구름바다처럼 펼쳐져 있는 것이 아닌가. 산꼭대기 경사가 심한 곳부터 약 100만 평의 밭이 그 곳 암반덕에 있었다.

아침가리. 여기도 만만치 않은 정말 길이 대단히 험한 곳이었다. 다행히 고개를 내려가 개울에 이르자 신비하게도 물이 거꾸로 흐르고 있었다. 우리가 내려간 산 쪽으로 맑은 물의 큰 강이 역류하듯 그렇게 흐르고 있었다.

아침가리는 한자로 朝耕洞 이라고도 한다. 풀어쓰면 아침가리가 되는데, 높은 산봉우리에 가려 아침나절에만 잠깐 비춰지는 햇살에 밭을 간다고 하여 붙여진 지명이라고 한다. 정말 아침나절이면 밭을 모두 이랑을 만들 만치 좁은 골짜기였다. 강물도 맑았다. 바람도 맑았다. 새들도 노래하며 날고 있었다.

양지바른 뒤 돌산에는 숲이 우거지고 앞에는 들꽃이 노랗게 피어 있는 언젠가 누군가가 살았을 산 속의 귀틀집. 주인이 떠나버린 빈 집에는 잡초가 무성하고, 따스한 오후의 햇살만이 외로운 이 집을 비추어 주고 있었다. 변소 인 듯하다. 돌담에 삼각형의 낡은 움막이 나의 발길을 잠시 멈추게 한다.

조금 더 내려갔다. 이미 폐교가 되어버린 판자로 지은 작은 학교가 남아있다. 커버린 나무로 가려진 교실에는 아이들의 재잘거리는 소리가 들리는 것만 같았고, 봄바람이 불어오는 운동장에는 지나가는 나그네의 쓸쓸함만을 더해주었다.

폐교를 지나서 좁은 개울의 돌길을 간신히 지나갔지만 강에서 문제가 생겼다. 장마에 다리가 떠내려간 것이다. 승용차로는 도저히 지나갈 수 없는 길을 온 것이다. 길을 닦으며 이곳 첫 번째는 건넜는데 두 번째 강에서는 심각했다.

움푹 파인 개울에 돌을 채우고 늘 승용차 트렁크에 싣고 다니는 호미로 경사진 언덕을 파고 길을 닦았다. 이쪽 건너에서부터 속력을 내 그 탄력으로 언덕을 올라가려고 했지만, 몇 번을 시도해도 언덕 중간에서 앞바퀴에 흙이 파이며 멈추고 말았다.

"한번만 더 해보자."

그렇게 하기를 몇 번 더.

차 앞 범퍼가 덜렁거린다. 뒤 범퍼도 바위에 부딪쳐 찌그러지고 조수석 문짝 하단 부는 아예 깨져버렸다. 연료는 떨어져가고 해도 기울어져가고 우리에게 그 강은 도저히 건널 수 없는 강이 되어버렸다. 그렇게 애쓰다가 우리는 오던 길을 다시 돌아와야만 했다. 언젠가는 내가 지프차로 그 길을 다시 가 볼 생각이다.

돌아오는 길에 아침가리 정상에서 방동을 바라보며 지는 해를 바라본다. 저 아래 도로가 가늘게 휘어져 있고 먼 하늘에는 구름이 한 조각 떠 있고 아련히 보이는 층층 진 산 위로 노을이 물든다.

해가 저문다. 어디로 갈까. 늘 그렇듯이 해지는 저녁이면 갈 곳이 마땅치가 않다. 그래야지. 오늘은 그곳에서 백 가지 꽃으로 담은 백화주를 마시며 밤을 보내야지. 그렇게 생각하고 우리는 서둘러서 산길을 내려가고 있었다.

여기도 골짜기의 마지막. 임 교수댁 움막에 도착하니 캄캄한 밤이었다. 임 교수는 대학교에서 원예학을 강의하다가 정년퇴임을 하고 이곳에서 산림농업을 연구하고 있는 중이다. 나는 골짜기에 오면 자주 들르곤 한다. 봄이라고는 하지만 여기의 밤은 몹시 춥다. 그녀는 벽난로에 장작불을 피우고 있다. 불빛에 반사되는 그녀의 얼굴은 몇 가지의 색으로 출렁이며 보여 온다.

저녁식사는 뜨거운 국물의 라면으로 때웠다. 그리고 백화주에 더덕주와 오가피주를 덤으로, 벽난로의 불빛이 희미하게 보여 오도록 그렇게 밤새 취하며 또 하루를 여기에 남겼다.

우리에게 그 강은

　　　　건널 수 없는 강이

　　　　　　되

　　　　　　어

　　　　　　버

　　　　　　렸

　　　　　　다.

야생화

200km의 거리를 새벽에 달려왔다. 골짜기에 들어서니 아침이 시작되고 있다. 산 위에서 햇살이 부서지고 안개가 걷히고 나도 졸리던 긴 시간을 종착지에서 생동하는 아침을 보며 기지개를 펴본다.

일주일 사이에 감자 싹이 많이 자랐다. 비가 내리지 않아 가뭄이 심한 마른 땅에서도, 감자 싹은 꽃을 피우기 위해서 그렇게 자라고 있었다. 이제 다음 주 여기에 다시 올 때는 감자 꽃이 하얗게 이 산속에 피어있을 것이다.

도시의 숨 찬 매연 속에서 며칠을 보내고 주말이면 나는 다시 여기에 온다. 들판에서 풀을 뽑고 골짜기의 흐르는 맑은 물을 마시며 나는 이제 주말농부로 차츰 익숙해져 간다.

오늘은 아내와 큰아이 작은아이 그리고 서울에서 직장생활을 하는 막내 동생까지 식구들이 모두 내려왔다. 여기서 농사를 짓는 동생과 막내 동생 큰아이 이렇게 셋은 감자밭에 비료를 주고, 어머니를 포함한 남은 식구는 더덕 밭으로 갔다. 그동안 바빠서 더덕 싹을 솎아주지 못했는데 오늘은 식구들이 모두 동원되었다. 작은 아이는 친구까지 데리고 왔지만 일보다는 수다만 길다.

더덕 밭가에는 보라색의 들꽃 한 송이가 피어있다. 봄에 더덕씨 앗을 파종하며 밟지 않으려고 보호했던 야생화다. 난초과의 붓꽃이다. 볼 때마다 언제 꽃을 피울까 많이 기다렸는데 오늘은 골짜기에 그 자태를 드러냈다.

정신없이 일을 했다. 어느새 점심시간이 되었다. 나는 올 봄 야산에 더덕 씨앗을 뿌리다가 발견한 당귀가 있는 곳으로 갔다. 그리고 휘어진 고목나무 위에서 자라고 있는 산 당귀 잎을 몇 잎 따 가지고 왔다. 그 잎으로 점심에 쌈밥을 먹었더니 그 향이 저녁 내내 물을 마실 적마다 입에서 맴돌았다.

감자밭에 비료는 모두 주었다. 그러나 아이들까지 동원되어 온종일 한 더덕 싹 솎기는 아직도 많이 남았다. 이 일은 여간 더딘 것이 아니다. 다행히 내일은 아이들이 학교를 가지 않는 날이기 때문에 일을 하루 더 할 수 있게 되었다.

저녁이 되니 아내도 아이들도 지쳐버렸다. 농사일을 해 본 적이 없으니 당연히 힘이 들 테지. 도시 같으면 텔레비전 방송이 끝날 때까지도 잠을 자지 않을 텐데 저녁밥을 먹자 모두 쓰러져서 잠이 들었다. 나로 인하여 온 식구들이 농사일을 하며 이렇게 고단한 것이다. 미안하기도 하지만 한편으로는 값진 체험이 아닐까 그렇게 생각하며 나를 위로해 본다.

골짜기의 아침은 일찍부터 시작된다. 오전 7시면 밭에 나가 일을 해야 하기 때문이다. 아이들은 깨워도 일어나지 않아서 그냥 두고 어머니와 나 그리고 아내와 어제 못다 한 더덕 싹 솎기를 시작했다. 참 먹을 때가 되어서야 아이들을 깨워 밭으로 데려왔다. 이 일을 오늘 끝내야지 남기면 모두 어머니 차지가 되어 몇 날을 혼자서 애쓰실 것이 분명하기 때문이다.

농사일은 체력소모가 많고 힘이 들어 점심식사 전에 참을 먹어야 한다. 오후에도 점심식사 후 저녁식사 전에 간식을 먹어야 허기를 면하고 일을 끝까지 할 수 가 있다.

햇살이 따갑다. 다행히 옆에 흐르는 차가운 계곡물을 마시며 얼굴을 씻으며 더덕 향과 풀 냄새 속에서 오늘은 일을 일찍 마쳤다.

이제 저녁밥을 먹고 한숨 자고 밤 10시쯤에는 출발하여 돌아갈 생각이다.

오늘은 연휴 마지막 날이다. 일찍 떠난다고 해도 상경하는 차량이 많다. 양평에서부터 자동차가 밀리기 시작하면 서울까지는 가다가 서기를 반복하며 고생할 것이 확실하다. 혼자 왔으면 더 있어도 되지만 내일은 아이들 학교도 가야하고 이틀이나 문을 닫은 가게도 내일부터는 영업을 해야 한다.

감자 꽃

　일주일 만에 다시 오니 골짜기의 넓은 감자밭에 감자 싹이 꽃을 피웠다. 여기는 지대가 높아 좀 늦은 편이다. 파란 잎에 하얗고 분홍빛의 감자 꽃은 세상의 그 어느 꽃보다도 정말 예쁘다.

　사람들은 그 많은 꽃들 중에 아마도 감자 꽃이 예쁘다는 것을 아는 사람은 많지 않을 것이다. 여기 내면은 전국 최대 고랭지 감자 재배지로, 감자 꽃이 필 때는 들판이 온통 꽃밭으로 변한다. 이런 꽃밭에서 나는 어제부터 감자포기 사이의 풀을 뽑고 있다. 넓은 밭에 혼자서 하는 일이니 표시도 안 난다. 힘들면 쉬고 더우면 계곡물을 찾아가고 일꾼들과 같이 일을 할 때와는 많이 차이가 있다.

　감자는 원산지가 남아메리카 안데스산맥의 중부고원지대다. 즉, 칠레 북부에서 볼리비아/ 페루/ 에콰도르지역이다. 전파경로는, 신대륙 발견 이후 콜럼버스가 에스파냐에 감자를 처음 소개했고 그 후 유럽과 미국에 전파하였다.

　우리나라에 감자가 도입된 것은 북방전래설에 의하면, 1824년 함경도 명천의 김씨 성을 가진 사람 또는 청나라의 채삼자라는 사람이 만주에서 가져왔다고한다. 남방전래설은, 1832년 영국 상선 Lord Amherst호에 타고 있던 네델란드 선교사가 전라북도 해안지대에 씨감자를 나누어주고 재배법을 가르쳐 주었다고도 한다.

　감자를 식물학 자연적 분류로 보면 뜻밖에도 채소의 가지 과에 속한다. 지금 내가 재배하는 감자는 수미, 라는 품종으로 미국품종의 슈퍼리(Superior)를 도입하여 붙인 이름이다. 물론 다양한 요리로 각광을 받고 있지만 수미는 감자칩 용으로 적합한 품종이다.

여기 내면은 산간지대로 4월에 감자를 파종한다. 그리고 한여름 자라서 꽃이 피고 싹이 시들면, 감자를 수확하지 않고 그 위에 이모작으로 고랭지 채소인 무 또는 배추를 파종한다. 감자는 이 채소가 모두 성장하여 출하한 뒤 늦은 가을에야 수확하는 것이다.

다리도 아프고 허리도 아프다. 갈증이 나서 계곡물에 엎드려 물을 마시고 얼굴에 흐르는 땀을 씻었다. 그리고 나무 그늘에 앉아서 쉬려고 하는데, 바로 앞의 돌 위에 요즘 보기 드문 두꺼비 한 마리가 먼저 와서 자리를 잡고 있었다. 두꺼비도 더운가보다. 참 반갑다. 옛날 비가 내릴 때 마당가에서 보고 처음이다.

많이 힘들다. 농사일이 쉬운 일은 아닌 줄 알았지만 이렇게 힘들 줄은 정말 몰랐다. 아침에 날이 밝으면서부터 시작하여 해가 져서 어두워야 끝나는 일이 농사일이기 때문이다. 그래도 다행인 것은 이렇게 공기 맑고 물 맑고 나를 반겨주는 새가 있고 내가 좋아하는 들꽃이 있어서 참 다행이다.

어머니의 농사인 고추도 이제 따먹을 정도로 자랐다. 어머니는 고추 2,000주를 재배하여 식구들 1년 먹을 고춧가루 보내주시고, 남은 것은 팔아 용돈과 어머니 병원치료비로 쓰신다. 매일 밤 다리가 아파 애쓰면서도 어머니는 아침이오면 어제처럼 새벽부터 밭에서 생기가 넘친다.

밤새 비가 내렸다. 심한 가뭄에 말라가던 골짜기의 물이 시원하게 흐르고 있다. 한 낮 찌는 더위를 나는 여기에 얼굴을 씻고 손을 담그며 힘든 시간을 이 계곡 물에 흘려보낸다. 내가 왜 여기에 있는 것인지 내가 왜 이렇게 울먹이는 것인지 나도 나를 모른 채. 하지만 지금은 저 높은 하늘도 파란 바람도 내 앞에 보이는 이 맑은 물마저도 나 혼자서 포옹하며 초록에 젖고 있다.

맑았던 하늘에서 오후부터 비가 내린다. 여름장마가 시작되는 것이다. 비가 내려서 일을 할 수가 없으니 오늘은 인천으로 올라가려고 한다. 여러 날 자리를 비워 이것저것 근심거리가 많다. 돌아가서 그동안 며칠 비워두었던 도시의 내 자리도 다시 점검해야한다. 그리고 비가 그치면 감자밭에 이모작으로 재배할 무 씨앗을 파종할 준비를 해야 한다. 어쩌다가 시작한 농사 규모가 점점 커진다.

200km의 거리를 오고가며 늘 허공에 떠있는 나는 오늘도 마당가 비에 젖은 하얀 백합의 배웅을 받으면서 길을 나선다. 어제는 오가피 밭에 하루 종일 풀을 베었더니만 허리도 아프고 오른팔은 들 수 없을 만큼 많이 아프다. 이 팔로 운전을 할 수 있을지 모르겠다.

비는 차츰 거세게 내린다. 차창에 부딪히는 저녁의 빗물을 와이퍼로 밀쳐내며 나는 쓸쓸하게 골짜기를 내려가고 있다.

하얀 집

골짜기에 어둠이 찾아온다. 초록의 눈부시던 하루가 땀방울 맺히며 목마름에 갈증 하던 하루가 골짜기의 물처럼 그렇게 흘러가 버렸다. 마당가에 모닥불을 피웠다. 밤하늘에 별을 헤며 보이지 않는 어둠 속에서, 나는 지금 방황하는 나의 영혼을 이제는 그만 태워버리려고 한다.

그 많은 인연 중에 그 많은 영혼 중에 왜 나는 이렇게도 슬픈 인연을 만났을까. 왜 나는 이렇게도 아픈 영혼을 만났을까. 오늘도 나의 영혼은 어둠에 갇혀서 아침이면 사라지고 마는 이슬처럼 슬피 울고만 있다.

자정이 가까워온다. 불꽃을 날리며 타버린 재만을 남기고 꺼져가는 불씨를 보며 나는 승용차의 시동을 걸고 전조등을 켰다. 어둠을 밝히는 불빛을 따라 골짜기를 나서고 있는 것이다. 행치령을 내려와 늦은 봄까지 얼음이 녹지 않는 약수터에서 차를 멈추고 물 한모금을 마신다.

지금 어디쯤에 오고 있을까. 왜 이렇게 기다려지는 것일까. 그래. 보고 싶어서 그런 것일 테지. 한동안 만날 수가 없었으니 이렇게 기다려지는 것이겠지. 골짜기에 있으면 더 외롭고 더 고독하고 더 많이 쓸쓸해진다. 그래서 나는 밤이면 눈물이 날 만큼 너를 더 그리워하는 것인지도 모른다.

삼거리에 이정표가 보인다. 바로가면 춘천, 구성포, 돌아가면 홍천, 동면. 나는 돌아가는 길을 택하여 높은 고갯길을 올라가서 다시 한참을 내려갔다. 강이 보이고 다리가 있고 어두운 산속에 희미한 불빛이 하얀 집을 비추고 있었다.

외진 지방도로의 간간이 지나가는 차량 뒤에 얼마 후 내가 기다리는 차 한 대가 불빛을 출렁거리며 맞은 편에서 들어서고 있다. 낯선 중년의 여인이 우리를 반겨준다.

"멀리에서 오셨네요."

하얀 집. 가로등 희미한 마당에는 꽃이 피어있었다. 바람이 시원하게 불어왔다. 차가운 물이 졸졸 소리를 내며 흐르고 있었다.

너와 나. 무슨 인연으로 지금 여기에 있는 것일까. 어쩌다가 이렇게도 아픈 가슴을 안고 이 밤 낯선 곳에서 마주보고 있는 것일까. 우리의 밤은 언제나 짧았다. 아직 못 다한 이야기가 남아있는데 어느새 창문이 밝아오고 있었다.

눈물이 난다. 그렇게 슬플 것도 없는데. 그런데 자꾸만 눈물이 난다. 시작이 있으면 끝이 있듯이 언젠가는 너와 나 마지막이 올 줄은 알았지. 인연이라는 것은 때가 되면 떠나가는 것. 이제는 너와 나 다시 남이 되어 그때 그 자리로 돌아가는 것.

어두웠던 밤은 가고 하얀 집에도 아침이 왔다. 갈 길이 다른 너와 나는 서로를 뒤로하고 이제 다시 멀어져 가야한다. 해도해도 끝이 없는 우리의 슬픈 이야기도 안개가 내린 낯선 여기에 이렇게 남겨두고 떠나가야 한다.

이제는 너와 나 다시 남이 되어.

그해 여름

그 해 여름 어느 날이었니? 못 잊을 흔적을 남기며 너도 나도 안타까운 시간 속에서 갈등하던 그날이.

"사랑하면 안 된다."는 너의 애처로운 그 말을 듣지 못한 채 나는 세상에 태어나서 처음으로 그 뜨거운 전류에 감전되었지. 이것이 『내 영혼의 슬픈 사랑』 서곡인 줄도 모른 채 여름날의 빗물에 나를 적시고 있었으니…

잊을 수가 없는 곳 작은 읍내 강화. 계절을 잃은 여름 코스모스가 피어있는 길을 승용차로 30분을 달렸지. 그리고 다리를 건너서 멈추었지. 갯벌의 비릿한 냄새가 바람을 타고 불어왔지. 흐린 여름날 잿빛구름 가득한 하늘에서 우리의 가슴에 꽃비를 내렸지.

그랬었지. 처음으로 나의 가슴을 분홍빛으로 뜨겁게 물들이던 그날, 우리는 어둠이 밀려드는 강화대교를 다시 건너고 있었지.

내 마음을 아는지 슬픈 음악이 들려오고 감정이 물결치는 목소리가 들려온다.

『오늘도 갈대밭에 저 홀로 우는 새는… 몰라요 내 가슴에 아직도 못 다한 사랑.』

희미한 조명 아래서 흐느끼는 취객은 무슨 사연이 있기에 저렇게도 가슴을 울리며 노래를 부르나.

도시의 불빛이 하나 둘 꺼져 가는 밤 나는 그녀에게 말을 건넸다.

"우리 가다가 소주 한 잔 할래?"

백열등이 대롱거리는 빨간 포장마차에 들어갔다. 이미 몇 잔의

술을 마시고 왔더니 술병이 오기도 전에 취기가 오른다. 술잔을 앞에 놓고 말없이 그녀를 바라보고 있다. 긴 머리… 하얀 얼굴… 금방이라도 눈물이 쏟아질 것만 같은 슬픈 두 눈.

"이제 가자."

그녀가 나를 부축이며 포장마차를 나선다.

여기가 어딘가. 하얀 구름 위를 나르고 있는 나에게 천사의 노래가 들려온다. 은하를 달리는 새벽기차소리도 들려온다. 별이 부서지는 하늘 바다에 희미하게 작은 불빛이 출렁거리고 있다.

시간이 흘러갔다. 차츰 어둠은 은하 저 편으로 멀어져가고 세상은 소리 없이 밝아오는데 나는 정영 그 밤을 붙잡을 수가 없었다.

그랬다. 그렇게 힘겨워하는 나에게 그녀는 천상으로 가는 기차에 나를 싣고 지난밤 멀고먼 여행을 떠났던 것이다.

흐린 여름날
우리의 가슴에
꽃비를 내렸지.

그리운 눈동자

　고요와 적막이 흐르는 골짜기와는 다르다. 여기는 오고가는 거리의 사람들로 분주하고 스치고 지나가는 자동차의 불빛도 눈부시다. 한동안 내가 없던 도시에서의 며칠을 보내고 나는 다시 초록이 우거진 골짜기로 떠날 채비를 하고 있다. 찾는 사람은 없지만 나를 기다리는 들판의 작물에게로 가야하기 때문이다.

　잠시 화려했던 도시의 밤도 우울하게 들려오는 취객의 쓸쓸한 노래 소리도, 그리고 정든 얼굴의 서글픈 눈동자도 뒤로한 채 나는 가야한다. 그렇게 긴 날은 아니었지만 익숙한 거리에 익숙한 사람들을 남겨두고 나는 다시 행치령을 오를 준비를 하고 있다.

　골짜기에 가면 이름 모를 꽃들이 웃어주고 지저귀는 새들이 동무되고, 적막한 밤하늘에 반짝이는 별도 나를 기억하며 반겨준다. 쉬지 않고 들려오는 골짜기의 흐르는 물소리는 나에게 무엇을 깨우쳐 주려는 것인지, 지쳐버린 나의 영혼을 수없이 씻으며 흐르고 있다.

　눈물이 난다. 보이는 모두가 한 폭의 그림이고, 불어오는 바람소리 떨어지는 빗방울 소리마저도 아름다운 거기서 왜 내가 울고 있는지 나도 모른 채. 하늘을 보면 도시가 그리워진다. 밤이 오면 그리운 눈동자가 별똥 되어 떨어진다. 기나긴 여정의 애처로운 나의 슬픈 영혼은 그렇게 낯설지 않은 지붕 밑에서 낯설게도 서성거리고 있다.

하늘을 보면
도시가
그리워진다.
밤이 오면
그리운 눈동자가
별똥 되어 떨어진다.

무 이모작

어느새 골짜기에 하얗게 피었던 감자 꽃도 지고 그 무성하던 파란 잎도 이제 시들어간다. 강원도 고랭지의 특혜인 감자밭에 이모작이 시작되었다.

여기는 감자를 수확하지 않고 아직 남아있는 감자 싹은 양쪽으로 모으며 그 사이에 무 씨앗을 파종한다. 고랭지 채소인 무는 이렇게 씨앗을 파종한 후 60일에서 70일 사이에 출하한다. 그리고 그 후에 감자를 수확하는 것이다.

무 씨앗은 일일이 손으로 놓고 묻기도 하지만 파종기를 사용하면 그 몇 배의 능률을 올릴 수 있다. 주의할 점은 땅속에 아직 감자가 있어서 상하지 않게 하여야 하고 너무 깊이 묻지 말아야 한다.

장마가 끝난 한 여름의 날씨는 너무 덥다. 그래도 옆에 차가운 물이 흐르고 있어서 일을 할만하다. 꽃피는 산골의 마지막 골짜기. 내가 숨 쉬는 이 신선한 바람과 저 맑은 물이 내 것은 아니지만, 그 누가 소유하고 있는 귀한 것보다도 지금 나에게는 부럽지가 않다.

하늘을 지붕처럼 들판을 정원처럼, 나는 이렇게 아름다운 여기서 무너진 나의 한쪽을 힘겹게 채우려고 한다.

오늘도 어느새 해가 저문다. 5,000평의 밭에 스무 명의 일꾼이 감자 싹을 모으며 무 씨앗을 파종했는데 오늘 하루에 모두 끝내지 못했다.

나는 오전 6시가 넘어서야 일어났다. 아침밥도 못 먹고 7시부터 일꾼들과 같이 일을 시작했다. 오전 10시에 참을 먹고 오후 1시에는 점심밥을 먹었다. 오후 2시부터 다시 일을 시작하여 4시에 간식을 먹고 저녁 6시에는 일꾼들을 보냈다. 그리고 혼자서 일을 하다 보니 어느새 해는 산 너머로 지고 있다.

어두워서야 골짜기를 나 혼자 터벅터벅 내려온다. 오늘따라 흐르는 물소리는 더욱 크게 들려오고 팔과 다리는 내 것이 아닌 듯 무겁기만 하다. 집에 내려오니 어머니는 불빛이 환한 방문을 열어놓은 채 밥상 앞에서 나를 기다리고 있다.

골짜기 집 마당에는 내가 만든 나무기둥 위의 가로등이 어둠을 밝히고 있다. 나는 오늘도 흘린 땀을 희미한 가로등 아래서 차가운 물로 씻어 내린다. 한 낮의 그 뜨겁던 더위와 갈증 하던 하루를 이 밤 이렇게 어둠 속에서 멀리멀리 흘려보내고 있는 것이다.

『사람은 누구나 한때는 어두운 고치 속에 갇혀서 인고의 나날을 보내나니. 눈부신 하늘이여! 언젠가는 날개를 달고 날으리라. 지금은 각혈하며 기다리는 때.』

왜 지금 나에게 이 詩 한 수가 떠오르는 것일까.

많이 힘든 하루였지만 차가운 물에 목욕을 하고 나니 개운하다. TV를 켰다. 슬픔이여 안녕. 국수공장의 드라마가 방영되고 있다. 오늘은 왜 이렇게도 찡한 장면이 많은지 나도 모르게 눈물이 주룩 흘러내린다.

사람은 왜 울고 싶지 않아도 슬프거나 감동적인 장면이 눈앞에 펼쳐지면 눈물이 나는 것인가. 나는 외로워지고 싶지가 않은데 이 밤 이렇게 골짜기의 어둠에 갇혀있으면 눈물이 날 만큼 외로워지는 것인가. 아마 사람이니까 그럴 테지. 감정이 있고 느낌이 있는 인간이니까 더 외로워지는 것일 테지.

달이 떴다. 둥근 달이 어두운 밤하늘에서 나를 보고 있다. 달그림자도 외로워서 나에게로 다가오고 있다. 흐르는 물소리도 이름 모를 풀벌레의 울음소리도 나를 부르며 외롭게 내 가슴속으로 파고든다.

오늘도 이렇게 하루가 지나갔다. 나는 일주일의 골짜기 생활을 잠시 뒤로하고 저 달을 보며 잊혀져가던 도시를 향해 골짜기를 내려가고 있다. 이 어둠만큼은 아니지만 내 살결도 많이 그을렸다. 며칠 후에 나는 바람을 가르며 안개를 헤치며 기울어져가는 저 달을 가슴에 안고 다시 여기를 찾아올 것이다.

호우주의보

감자밭에 이모작을 한 무 씨앗이 어렵게 잎이 나오기 시작했다. 그런데 파종을 한 후 일주일이 지나도록 비가 내리지 않고 한낮의 기온이 영상 30℃를 웃도는 불볕더위에 아직도 싹을 못 트는 씨앗이 있다. 또 나온 싹은 말라죽는 최악의 상황이 지금 내 앞에서 일어나고 있다.

산속의 밭이다보니 물을 뿌려줄 수 있는 시설도 여건도 안 되어 나는 지금 하늘만 바라보고 있다. 그렇게 나의 속까지 태우던 날씨가 드디어 오늘은 기상청에서 영서지방에 호우주의보를 발령했다.

새벽부터 천둥 번개를 동반한 장대비가 쏟아진다. 말라가던 들판이 단비를 만났다. 이제는 나도 어머니도 가뭄에 더 이상 애가타지 않아도 된다.

농사일은 비가 내리면 비가 내리는 날에 할 일이 따로 있다. 나는 어머니의 노란 우비를 입고 숫돌에 낫을 갈아들고 나섰다. 골짜기 올라가는 길에 풀이 우거져서 늘 다니기가 불편했는데 오늘은 그 길가의 풀을 베려고 한다. 비가 내리는 날이 아니면 다른 일에 밀려서 풀 벨 틈이 없기 때문이다.

내 키만큼 자라버린 쑥과 억새풀을 소낙비 속에서 베고 있다. 빗물과 땀방울이 범벅이 되어서 얼굴로 흘러내린다. 그래도 태양이 이글거리는 더운 날 보다는 일하기가 훨씬 나은 편이다.

빗소리에 땀방울에 정신없이 한참을 일을 하다가 풀 속에 있는 벌집을 건드렸다. 나는 피할 틈도 없이 벌에게 오른 손등을 그냥 쏘이고 말았다. 장갑을 끼었는데도 소용없었다. 그 작은 벌은 독이 대단했다. 처음에는 견딜만하더니만 몇 시간이 지나자 팔뚝까지 부어올랐다.

손등은 완전히 두꺼비 등같이 되어버렸고 가려워서 어찌할 수가 없다. 찬물에 담가보지만 그때뿐이다. 이런 나를 보고 어머니는 "벌에 쏘인 데는 된장을 발라야 한다니까 왜 내 말을 안 들어."하며 꾸중을 하신다. 처음 벌에 쏘였을 때 어머니는 된장을 바르라고 하셨는데 "된장이 약이 되겠어요?"하면서 나는 된장을 바르지 않았던 것이다.

이제 와서 손등부터 팔목까지 된장을 발라도 효험이 없다. 소주를 들어 부어도 마찬가지다. 그래, 매운 것을 발라보자. 나는 찬물에 손등과 팔목을 씻고 숟가락으로 고추장을 퍼 바르기 시작했다.

이건 영락없는 고추장 팔뚝이다. 바로 효험이 왔다. 매운 고추장의 얼얼하고 화끈거림에 가려움은 없었다. 이렇게 해서 그 밤을 가려움 없이 보냈는데 아침에 일어나니 문제가 생겼다. 이불이 온통 고추장 범벅이 아닌가.

어제 벌에 쏘인 오른손이 엄청 부었다. 주먹을 쥘 수 없으니 큰일이다. 할 일은 많은데 그렇다고 손을 놓고 있을 수도 없는 노릇이다.

오늘은 어머니와 아침부터 감자밭에 이모작으로 파종한 무 씨앗이 안 나온 곳은 파보며 말라죽은 곳은 다시 파종을 하고 있다.

얼마나 더운지 땀이 비 오듯이 흐른다. 나는 30분 간격으로 개울물에 얼굴을 씻으며 두꺼비 등만큼 부어오른 무딘 손을 찬물에 담갔다. 그렇게 하루 종일 일을 했지만 넓은 밭은 아직도 까마득하다.

골짜기에 해가 저무니 온통 어둠뿐이다. 지친 몸으로 마당가 물 앞에 앉아서 지난번에 만들어놓은 가로등을 켜고 목욕을 시작했다. 지하수를 끌어올린 물이라서 계곡물보다도 두 배는 차갑다. 해가 진 밤 춥지만 나는 한 낮 그 더위를 생각하며 찬물을 온몸에 들어 붓는다.

어머니와 저녁밥을 먹고 TV뉴스를 기다리다가 잠이 들었다. 농 사일을 하다 보니 일기예보는 꼭 챙겨보아야 하는데 일기예보는 뉴 스가 끝나는 마지막에 나온다. 나는 베개와 이불을 등에 대고 벽에 비스듬히 기대어 TV를 시청하다가, 일기 예보는 보지를 못하고 늘 이렇게 고단함에 먼저 잠이 들어 버리곤 한다.

시간이 얼마나 지나갔는지도 모르겠다. 눈을 뜨니 TV는 끝이 났 고 치~ 하는 소리와 함께 화면만 번쩍거리고 있다.

날이 밝았다. 오늘도 어제하던 밭일에 온종일 매달렸지만 일을 모두 끝내지 못했다. 내일부터는 또 영서지방에 많은 비가 내린다 는 아침뉴스가 있었다. 인천에 있는 가게를 아내에게 맡기고 자리 를 비운 지가 꽤 여러 날이 되어간다. 비가 내린다고 하니 내일 저 녁에는 인천으로 올라가야 되겠다.

오늘도 어제처럼 가로등을 켜고 마당에서 목욕을 한다. 골짜기의 마지막 집. 밤이라서 누가 볼 사람도 없고 올 사람도 없다. 옷을 모 두 벗어버리고 이를 닦고 세수를 하고 머리를 감았다. 고무함지에 받은 물을 바가지로 퍼서 몸에 들어 붓고 목욕수건에 비누칠을 해 서 온몸을 문지른다. 그리고 마지막으로 호수를 몸에 들이대 비눗 물을 씻어 내리는 이것이 내가 이 골짜기에서 저녁마다 하는 냉수 목욕이다.

나는 어느 날인가부터 마른 수건은 쓰지 않는 이상한 습관이 생 겼다. 잘 마른 수건도 물에 헹구어 두 손으로 비틀어 짠 후 털어서 얼굴과 머리부터 닦아 내리는 것이다. 집에서도 빨아 말려놓은 수건을 이렇게 다시 물에 적셔서 쓰는 나는 늘 아내의 불만대상이다. 마른 수건은 뻣뻣하고 거친데 비해 젖은 수건은 부드럽고 촉촉한 느낌이 나를 그렇게 만든 것 같다.

오늘밤도 이렇게 차가운 물에 목욕을 하고나니 피로가 밀려온다. 보일러 온도를 올리고 일찍 이불을 폈다. 한 여름이긴 하지만 여기는 낮과 밤의 기온차이가 심해 밤이면 추워서 그냥 잠을 잘 수가 없다. 초저녁에 보일러를 한번 돌려서 방을 따스하게 달구어야 여름 밤을 편하게 잘 수가 있는 것이다.

도시와는 달리 골짜기에서는 해가 지면 할 일이 없다. 또 일이 힘드니 저녁밥을 먹으면 그냥 쓰러져서 잠이 든다. 이렇게 초저녁에 실컷 자고 아침인가 하고 깨어나면 그때가 자정이다.

두 채널 방송밖에는 나오지 않는 TV앞에서 어머니는 채널을 돌려가며 드라마를 기다리신다. 어제에 이어지는 장면이 궁금한 것이다. 밖으로 나가서 하늘을 보니 빗방울이 떨어지고 어머니가 키우는 강아지가 아장아장 발길에 매달리며 재롱을 부린다.

오늘은 아침부터 장대비가 내린다.

"뉴스에서 비가 온다면 꼭 와."

어머니가 밖을 보며 혼잣말을 하신다. 오늘은 비가 내려서 다른 일은 못할 것 같다. 나는 다시 어머니의 노란 우비를 입고 낫을 들고 지난번에 못다 한 풀베기를 마무리 하려고 나섰다.

힘으로 하는 일이라서 배도 빨리 고파온다. 비에 젖은 몸이니 방에 들어가기도 번거롭다. 나는 밭으로 가서 오이 두 개를 따가지고 물에 씻어 그대로 깨물어 먹었다. 아삭 아삭. 참 맛있다. 어머니는 점심식사로 감자와 호박을 곁들인 칼국수를 끓였는데 이 또한 별미였다.

　이렇게 골짜기에서의 또 하루가 지나간다. 오늘도 나는 어김없이 힘겨움에 찌든 내 몸의 땀을 쏟아지는 빗속에서 차가운 물에 씻어 흘려보냈다. 그리고 이 밤, 적막이 흐르는 여기서 이렇게 눈물이 날 만큼 외로움을 느끼며 나를 돌아본다.

　어찌할거나. 나에게 주어진 이 버거운 삶의 무게를 어찌할거나. 여기서 울고 있는 이 슬픈 나의 영혼을 어찌할거나. 어찌 할거나.

　지금 시각 밤 11시35분 저녁밥을 먹고 한잠을 자고 깨어난 시간이다. 드라마를 보시던 어머니도 TV를 켜둔 채 그냥 잠이 들었다. 초저녁 잠이 많은 어머니는 늘 이렇게 기다리던 드라마를 못다 본 채로 잠이 드신다.

　나는 밝은 형광등을 끄고 TV를 끄고 촛불을 켰다. 눈이 부셔 뒤척이던 어머니도 새근새근 아기처럼 잘도 주무신다. 캄캄한 이 밤. 지금 밖에서 들려오는 빗소리 물소리는 여전히 내 가슴에도 소리 내며 흐른다. 일기를 쓴다. 흔들리는 촛불 앞에서 나는 이렇게 오늘을 일기로 남긴다.

　아침이 와도 비는 그칠 줄을 모르고 내린다. 뜰 앞에 어머니가 심어놓은 봉숭아꽃이 비에 젖고 있다. 짙은 분홍빛 꽃잎에 방울이 맺힌다. 얼마나 차갑겠니? 꽃잎을 보며 우산을 폈다. 쏟아지는 빗물을 가리며 한참을 그렇게 서있었다. 나는 바보처럼.

계방산

　이렇게 비가 내리니 생각이 난다. 그렇게 먼 곳에 있지 않으니 더 그립도록 떠오른다.

　계방산. 여름날의 잿빛하늘은 금방이라도 한 동이 빗물을 쏟아 내릴 것만 같았다. 구름이 걸려있는 운두령 고개에 승용차를 두고 우리는 산행을 시작했다. 그녀는 가벼운 걸음으로 앞에서 힘들어하는 내 손을 잡아주며 이름 모를 나무열매를 만지며 산속의 꽃을 카메라에 담았다.

　해발 1,577m. 계방산 정상에 올라오니 구름은 산 아래서 맴돌고 우리는 마치 신선처럼 높은 산의 구름 위에 떠있었다. 목마름에 갈증하며 산꼭대기에서 먹는 풋사과는 정말 천상에서 따온 바로 그 맛이었다.

　어디로 해서 내려갈까. 한번 지나온 길은 다시 돌아가기가 싫다. 멀리 저 아래를 바라보며 망설이던 우리는 등산로 폐쇄, 라고 씌어 있는 이승복 생가 쪽을 택하여 내려갔다. 여름 장마날씨가 그렇듯이 흐린 하늘은 더 어두워가고 산을 내려가는 중에 굵은 빗방울의 소나기를 만나고야 말았다.

　깊은 계곡은 물이 빨리 늘어났다. 하늘이 보이지가 않는 산속은 어둡고 무서웠다. 살아서 천 년 죽어서 천 년을 간다는 주목나무의 울창한 숲을 지나고 쓰러진 고목을 넘었다. 그렇게 정신없이 한참을 내려와도 골짜기는 끝이 없었다.

　갑자기 불어난 물에 빠지며 미끄러지며 내려오던 산길에는 빨강

게 익은 오미자열매가 나무에 탐스럽게 주렁주렁 달려있었다. 따다
가 술 담아야지. 나는 그 와중에도 나무에 매달려서 빨간 열매를 따
며 한 알을 입에 넣고 깨물었다. 새콤 달콤. 입에 짙은 향이 가득하
게 퍼진다.

얼마나 내려왔을까. 아직도 큰길은 보이지가 않는다. 어디선가
내 코를 자극하는 익숙한 냄새가 나고 있다. 바로 앞에 돌배나무가
있었던 것이다. 바닥에 떨어진 잘 익은 돌배를 몇 개 주워서 개울물
에 씻었다.

"이거 먹어봐. 무척 맛있어."

나는 하나를 그녀에게 건네주었다.

계방산 꼭대기에서 사과를 먹기는 했지만 출출하던 터라 돌배 맛
이 그만이다.

몇 개의 개울물을 건넜는지도 모르겠다. 등산로가 폐쇄된 길을
들어섰으니 오고가는 사람도 없다. 우리는 이렇게 꽤 오랜 후에야
이승복의 옛 생가 터까지 내려왔다.

옛날. 소년 이승복이 노루와 친구하며 살았던 거기에는 돌담이
남아있었다. 억새풀이 그녀의 키만큼 자라있었다. 들꽃이 예쁘게
피어있었다.

나는 공산당이 싫어요!

산골소년의 비명소리가 남아있는 그 속에서 그녀는 꽃처럼 서있
었다.

저녁이 되어서야 비는 그쳤다. 그러나 흐린 하늘은 저물어가는
시간과 함께 나에게도 어둡게 밀려오고 있었다. 나는 숲이 우거지
고 나무로 하늘이 가려지고 계곡물이 불어나는 거기가 무서웠다.
그랬다. 비가 쏟아지는 산을 내려오는 동안 뒤에서 누가 붙잡는 듯

무서웠다. 그래서 나는 그녀의 뒤를 바짝 따라와야만 했다.

그렇게 어둑어둑 땅거미가 질 무렵에서야 큰길까지 내려왔다. 그리고 지나가는 몇 대의 자동차를 보낸 후 화물차를 얻어 타고 운두령 고개에 올라왔다. 우리는 승용차 안에서 젖은 옷을 갈아입고 다시 꼬불꼬불 어두운 운두령 고갯길을 내려오고 있었다.

새콤 달콤. 입에 짙은 향이 가득하게 퍼진다.

F 학점

밤사이에 내린 비는 이른 아침 안개가 되어서 골짜기를 가득 채운다. 이제는 말라가던 무 싹도 파랗게 일어났다. 오늘도 나는 어머니와 무 싹이 가뭄에 타버린 곳에 다시 씨앗을 파종하고 있다. 간간이 구름이 지나가고 바람도 불어주지만 허리가 아프고 땀이 흐르는 것은 어쩔 수가 없다.

무 씨앗을 파종 하고 심한 가뭄이 없었다면 이렇게 두 번 일을 하며 고생하지 않아도 되는 것을… 나를 도와주지 않는 날씨가 원망스럽다. 힘든 나도 나지만, 관절염에 다리가 아픈 칠순의 어머니를 이렇게 한 여름 뜨거운 태양 아래서 며칠째 일을 하게 한다는 것이 못내 마음이 아프다.

일꾼들이 있으면 빨리 해버리겠지만 바쁜 농사철이라서 일꾼 구하기도 쉽지가 않다. 인건비 또한 만만치 않고 가능하면 내가 할 수 있는 일은 혼자서 하려는 것이 나의 생각이다.

해가 저물었다. 어두워서 더 이상 일을 할 수가 없어서야 밭에서 내려왔다. 오늘 일을 모두 끝내고 저녁에 인천으로 가려고 했는데 내일 한나절은 더 해야 이 일을 마칠 것 같다. 일요일에는 학교에서 여름 계절학기 시험이 한 과목 있는데 못 볼 것 같다. 농사일은 해도 해도 이렇게 끝이 없다.

나는 지금 한국방송통신대학교 중어중문학과 4학년에 재학 중이다. 벌써 졸업을 했어야 했지만 3학년 때 학생회장을 역임하면서 1년 동안 공부를 소홀히 했다. 그 덕분에 이렇게 F학점을 이수하기 위해서 여름 계절학기 수강을 신청한 것이다.

오늘 인천 올라가는 것은 포기했다. 학교의 여름 계절학기 시험도 포기했다. 어제 하던 일을 더 미루면 안 되기 때문이다.

모든 것이 그렇지만 특히 농사일은 때가 있다. 지금 씨앗을 다시 파종해도 먼저 나온 것과 성장차이가 있어 크고 작고 층이 지는데 하루라도 더 미루면 그 차이가 커서 안 된다.

이 일을 이렇게 아침부터 어머니와 쉬지도 못하고 오후 1시가 다 되어서야 마무리했다. 시장한 어머니는 점심 준비하러 내려가시고 땀으로 범벅이 된 나는 골짜기의 물속으로 들어가 풍덩 주저앉았다.

며칠 비가 내려 물도 많이 늘었고 계곡 물이라서 차가웠다. 물속에 들어갔다가 나갔다가 그렇게 몇 번을 반복하며 목욕을 마치고 나는 개울가에서 돌 하나를 발견했다. 수건을 빨아보니 빨래 돌로는 그만이었다. 나는 이 돌을 힘들게 들어서 집으로 가져갔다.

밤사이에 비가 내렸다.

그 겨울의 찻집

　하늘의 뜨거운 태양에 불타던 한 낮은 지나갔지만 도시의 여름 밤은 골짜기와는 또 다른 더위에 시달려야 한다. 지금 이 밤도 밖은 여전히 열대야로 숨이 막혀오고, 실내온도 18℃를 맞춰놓은 가게의 에어컨은 쉴 사이도 없이 냉기를 쏟아내며 힘겹게 작동하고 있다.

　거울속의 내 얼굴을 보니 골짜기 생활에 피부가 구릿빛으로 그을렸다. 그 하얗던 얼굴은 어디로 가고 완전히 필리핀 사람처럼 변해버렸다. 이 여름이 가고 가을이 가고 겨울이 지나가야 예전의 하얀 내 얼굴로 다시 돌아오겠지.

　자정을 앞에 둔 금요일의 늦은 시각. 나는 참으로 오랜만에 전자 오르간 앞에 앉아서 연주를 해본다.

　『바람 속으로 걸어갔어요. 이른 아침의 그 찻집. 마른 꽃 걸린 창가에 앉아 외로움을 마셔요. 아름다운 죄 사랑 때문에 홀로 지샌 긴 밤이여. 뜨거운 이름 가슴에 두면 왜 한숨이 나는 걸까. 아 아 웃고 있어도 눈물이 난다 그대 나의 사랑아.』

　나는 왜 이 뜨거운 여름에 쓸쓸한 겨울노래를 연주하고 있는 것일까.

　나는 가끔 나의 감정을 이렇게 연주로 표현하곤 한다. 마음이 아프면 아픈 채로… 누군가가 그리우면 그리운 채로… 오늘도 마음이 심란하다. 오랜만에 골짜기와는 분위기가 다른 여기서 술도 한 잔 마시고 싶다. 도시에서의 밤은 언제나 나를 이렇게 병들게 하고 있다. 나의 슬픈 영혼을 이렇게 사정없이 울리고 있는 것이다.

눈물이 흐른다. 늘 넘칠 듯이 고여 있던 그녀의 눈에서 눈물이 흐른다. 나도 울고 있다. 왈칵 쏟아지는 설움을 삼키며 나도 이제는 울고 있다. 외진 골목의 작은 호프집에서 술잔을 앞에 놓고 마주앉았다.

시간이 지나가고 술병이 비워지고 정신이 희미해져온다. 여기가 어딘가. 쓰린 가슴을 움켜쥐고 낯선 환경을 둘러보지만 기억이 몽롱하다. 그랬구나. 네가 곁에 있는 것을 보니 어제는 내가 또 심하게 취했었나보구나. 그때서야 어제를 후회하며 자신을 질타하며 또 다시 지키지 못할 맹서를 나는 되풀이 하고 있다.

이제 새벽이 오면 나는 나를 이렇게 병들게 하는 도시를 떠나서 숲이 우거진 골짜기로 돌아가련다. 그리고 또다시 몇 날의 낮과 밤을 외로움 속에서 이 도시를 그리워할지도 모른다. 다시 돌아올 그날까지 이 도시도 나를 몹시 기다릴지도 모른다.

바람 속으로 걸어갔어요.
이른 아침의 그 찻집.

첫 수확

밭가에 묘목을 심은 지 3년째 되는 복숭아나무에 복숭아가 탐스럽게 달려있다. 너무 많이 달려서 나무가 휘어지고 쓰러질 것 같다. 나는 Y자형 물푸레나무를 잘라서 버팀목을 받쳐주고 어머니와 하나씩 먹으려고 두 개를 따 가지고 내려왔다.

복숭아. 아직은 덜 익었지만 너무 많이 달리기도 했고 먹고 싶어서 참을 수가 없었다. 묘목을 심을 때는 언제쯤에나 복숭아가 달릴까 막연했는데 세월은 참 빠르기도하다.

마당가에 사과나무도 하얗게 꽃을 피우더니만 사과가 달렸다. 더 클 생각은 하지도 않고 빨갛게 익어가고 있다. 여기는 기후조건이 사과는 잘 안 되는 곳이다. 나는 세 개를 남기고 두 개를 따서 어머니와 하나씩 맛을 보았다. 남은 것은 조카 선영이와 진영이 그리고 어머니 몫으로 둔 것이다.

올해 처음으로 종자를 구해서 파종한 찰옥수수도 여물어 오늘 낮에는 삶아서 어머니와 참 맛있게 시식을 했다. 옥수수는 다른 작물과 달리 병충해에 강하고 잘 자라기 때문에 퇴비만 충분히 하면 풍성한 수확을 얻을 수 있다.

나는 풋옥수수로 삶아먹기 위해서 해마다 조금씩 심는다. 일찍 심고 늦게 심고 그렇게 10여 일씩 터울을 두고 심으면 풋옥수수를 오래 먹을 수 있다.

어머니의 농사인 고추도 주렁주렁 달려서 빨갛게 익어가기 시작한다. 이제부터 어머니는 바빠질 것이다. 빨갛게 익은 고추는 따서 방에 며칠 펴놓았다가 시들시들하면 밖의 평상에다 옮겨 널어 햇볕에 말린다.

밭에서 딴 빨강고추를 처음부터 햇볕에 말리면, 태양이 너무 강해 타거나 고추 색깔이 검게 변한다는 것을 나는 어머니에게 들어서 알았다. 이렇게 고추와 나물을 말릴 때면 어머니는 멀리에 가지 않고 언제나 집 가까이에서 일을 하신다. 비가 오면 급히 담아 방으로 옮겨야 하기 때문이다. 어머니는 햇볕에 잘 마른 고추는 자루에 담아 보관했다가 가을에 우리에게 나누어주신다.

점심을 먹고 골짜기 밭으로 올라갔다. 무씨를 파종한지 보름이 지나니 밭이 푸르게 변하고 있었다. 자라나는 무를 위해 수명을 다하고 시들어 죽어 가는 감자 싹은 모두 잘라버려야 한다. 그냥 두면 잎에 가려 무가 자라지 못하기 때문이다.

이것도 일이다. 낫으로 엎드려서 자르니 허리가 아프고 앉아서 하자니 일이 더디다. 나는 생각 끝에 정원용 가위에 자루를 길게 이어 서서 자르기로 했다. 이 방법도 빠르지는 않지만 허리가 아프지 않아 할만 했다. 감자는 이 무가 모두 자라서 출하된 후에야 수확을 하게 되는데, 지대가 높아서 그런지 신기하게도 썩지 않고 늦가을까지 밭에서 여물고 있다. 말 그대로 자연 저장고다.

흐린 여름날 나는 골짜기를 나설 채비를 하고 어머니는 가을에 먹을 배추를 심는다. 비가 내린다는 뉴스가 나오자 밭으로 호미와 배추모를 챙겨들고 가셨다. 배추는 무와 달리 씨앗으로 파종하지 않고 모종판에 키워 잎이 몇 잎 나온 후 밭에 옮겨 심는다.

나는 지난주 토요일에 내려와서 오늘까지 여러 날을 여기 골짜기에 머물렀다. 급한 농사일은 어느 정도 했으니 오늘은 인천으로 올라갔다가 주말에 다시 오려고 한다. 여기를 떠날 때면 늘 그런 마음

이지만 골짜기에 어머니를 혼자 남겨두고 돌아서는 마음이 오늘도
편하지가 않다.

2005 8 9

무릉도원

골짜기의 마지막. 산 아래 첫 번째. 누가 찾아올 사람도 없고 그렇다고 내가 기다리는 사람도 없다. 주말이면 도시를 떠나 이렇게 인적 없는 산 속에서, 나 혼자 일을 하다가 더우면 풍덩 주저 앉고 마는 여기를 나는 나만의 무릉도원 이라고 이름을 정했다. 밖은 태양이 뜨겁고 땀이 비처럼 흐르지만 여기에 들어가면 몸이 시려와 더위를 참는 것보다도 더 힘들다.

정말 덥다. 땀이 샘물처럼 솟아난다. 오늘은 그 동안 못 다하고 밀쳐 두었던 골짜기의 마지막 길의 쑥과 갈대를 아내와 같이 베고 있다. 늘 주말이면 혼자서 200km거리의 새벽길을 오고 갔었는데 오늘은 연휴라서 두 아들과 함께 가족 모두가 참으로 오랜만에 여기에 왔다.

두 아들은(대학교 1학년과 중학교 3학년) 더 힘들지만 위험하지 않은 무 밭에 비료 주는 일을 시키고 나와 아내는 길 양쪽을 한 줄씩 낫을 들고 풀베기를 시작했다. 한참이 지나자 뒤에서 일하던 아내가 갑자기 소리치며 도망을 간다.

아내는 벌집을 건드렸다. 올해는 유달리 풀숲에 벌집이 많은데 손등을 벌에게 쏘였다고 한다.

"집에 가서 된장을 바르고 와."

나는 한 번 경험을 했다. 그래서 아내에게 여유 있게 말을 하고는 남은 일을 마저 끝냈다.

한 낮의 더위. 이 여름의 마지막 절정인 듯 태양이 사정없이 작열

한다. 나는 낮을 놓고 내가 이름정한 무릉도원으로 들어가서 주저앉고야 말았다.

인적 없는 골짜기의 마지막. 외로움도 있지만 이렇게 나만의 자유도 있다. 흐르던 땀도 한순간 사라지고 나는 지금 신선이 부럽지 않은 그런 현실에 머물러 있다.

물이 차갑다. 옆에 우뚝 선 소나무에서 향기가 흘러나와 혼미한 내 정신을 맑게도 해준다.

"그대도 들어와."

아내에게 말을 하니 물속에 주저앉을 용기가 나지 않는 모양이다. 물가에 손을 담그고 얼굴을 씻고 그제서야 하는 말이,

"물이 엄청 차갑네?"

무 밭에 비료를 주던 아이들도 땀을 뻘뻘 흘리며 물가를 찾아왔다. 키가 큰 두 아이가 앞에 서니 한참 올려다 보인다. 큰아이는 키가 1m87cm이고 작은 아이는 1m78cm. 나는 이 두 아이를 바라보니 힘들었던 시간이 지워진다.

오늘도 어느새 해는 지고 앞 산 하늘 위에 반달이 떴다. 저 달을 보며 내가 재배한 삶은 옥수수를 먹으며 마당가에 모닥불을 피워놓고 돗자리를 깔았다. 이 캄캄한 골짜기에 작은 불꽃이 날린다. 나무 가지 하나가 타서 잠시 어둠을 밝혀주고는 이내 재가 되어 바닥에 버려진다.

이 밤. 개울가 물 흐르는 소리는 맑게도 들려오고 밤에 우는 그 청아한 풀벌레소리는 잠든 나의 영혼을 깨우고 있다. 눈을 뜨니 골짜기의 새벽안개는 수채화를 그려놓았다. 나의 얼굴에도 밤새 살포시 이슬이 내려앉았다.

오늘은 도시에서

여름밤. 한줄기 비가 내리는 동암역 거리는 오고가는 사람들로 분주하다. 네온이 흐르고 저마다의 불빛도 반짝거리며 저물어가는 이 밤을 아쉬워한다. 날이 밝으면 사라질 찬란한 불빛 속에서 나도 오늘은 도시의 밤에 취해있다. 고독했던 골짜기의 외로움을 잊으며 지금은 저 많은 사람들 속으로 걸어가고 있다.

어둠에 묻혀버린 캄캄한 세상. 물 흐르는 소리와 밤새 울어주던 풀벌레 소리가 있는 거기와는 사뭇 다르다. 도시의 밤은 나를 언제나 이렇게 번민하게 하는 낯설지 않은 세상이다. 정들만 하면 떠나갔다가 외로워지면 다시 돌아오는 여기는, 나에게 희망을 주고 상처를 주고 가슴앓이로 눈물 고이게 하는 마음 아픈 추억이 쌓여있는 그런 곳이기도 하다.

바람이 분다. 빗방울이 떨어진다. 기차가 마지막 종착역으로 떠나가고 있다. 사람들은 바쁘게 흩어지고 있다. 비가 내리는 동암역 거리에 내가 서있다. 흔들리는 도시의 기차가 떠나가는 소리를 들으며 오늘밤은 내가 여기 서있다.

나는 동암역 거리가 보이고 오고가는 사람들이 보이는 2층 까페의 창가에 자리를 잡고 앉았다. 내가 즐겨 마시는 버드와이저 맥주를 거품이 나도록 따라놓았다. 노란우산 검은우산. 동암역에서 사람들이 밀려나와 각자의 색상이 다른 우산을 펼쳐들고 물 흐르듯 멀어져 간다.

여기는 발랄한 음악소리가 들리고 청춘 남녀의 재잘거리는 소리가 들리고 희뿌연 담배연기가 메케하게 내 코를 자극한다. 도시가 좋기는 좋구나. 나는 혼자 중얼거리며 네온이 흐르는 빗속너머를 바라본다. 나는 어느새 한 손에 술잔을 들고 있었다.

나의 작품

하늘이 높다. 파란 저 하늘 위에 새털구름이 새처럼 모양을 그리며 지나가고 바람이 시원하게 불어온다. 이제 골짜기에 가을이 오고 있다. 가을이 오면 나뭇잎은 노랗게 빨갛게 물이 들 테다. 빛이 바래버린 여기 내 가슴에도 나의 마음에도 노랗게 빨갛게 그렇게 다시 채색을 할 테다.

감자밭 위에 이모작으로 무 씨앗을 파종한 지 꼭 한 달이 되었다. 파종 후 심한 가뭄에 나도 어머니도 속이 많이 탔지만 제법 잘 자라주고 있다. 지금은 감자 싹이 무성하던 봄날처럼 그렇게 밭이 푸르다. 이제 멀지 않아 골짜기의 여름도 나의 여름도 끝이 난다.

들판에서 눈부시게 떠오르는 태양을 맞이하던 아침도, 저녁이면 하늘을 붉게 물들이며 산 너머로 맥없이 지는 해를 바라보던 저녁도, 이제는 나의 기억 저편으로 사라질 것이다. 그리고, 바람을 가르며 안개를 헤치며 새벽을 달리던 숱한 날도 이제는 한편의 추억이 되어 내 가슴에 남을 것이다.

풀은 참 생명력도 번식력도 강하다. 베고 또 베도 씩씩하게 다시 자라나고 있으니 말이다. 예초기를 하나 구입하려다 위험할 것 같아서 지금까지 낫으로 풀을 베고 있는데 허리도 아프고 팔도 아프고 너무 힘들다.

오늘도 밭가에서 풀을 베다가 아직은 뜨거운 한낮의 햇살에 그늘진 곳을 찾아서 주저 앉았다. 옆에서 골짜기 물 흐르는 소리가 들리고 솔 향이 짙게 날려온다. 하늘을 보고 누워버렸다. 가지 사이로 보이는 파란 하늘에는 흰 구름이 흘러가는데 어디선가 윙~ 윙~ 귀에 익은 소리가 끊이지 않고 들려온다.

아니! 나는 누운 채 그대로 기절 할 뻔했다. 바로 머리 위의 잣나무에 벌 둥지가 있는 것이 아닌가. 벌한테 손등을 쏘여 며칠 심하게 고생한 적이 있는데 저 벌은 그 벌보다도 몇 배가 더 큰 왕벌이었다. 나는 벌떡 일어나서 그 자리를 서둘러 떠나고 말았다.

오후가 되니 맥이 없다. 밭가에 풀은 제초제 한 통이면 될 텐데 이렇게 힘들게 풀베기를 하는 내가 한심한 건지 나도 나를 잘 모르겠다. 오늘은 일을 그만하고 개울가에 있는 다래나무의 다래를 따기로 했다. 혼자서 하는 일의 좋은 점은 이렇게 내 맘대로 할 수가 있다는 것이다.

개울물에 엎드려서 물을 마시고 얼굴을 씻고 자루를 들고 다래나무에 올라갔다. 작년에는 누군가가 따가서 못 먹었는데 올해는 내 차지가 되었다. 엄청 많이도 달렸다. 높은 곳에 있는 것은 다람쥐와 새들의 밥으로 남겨두고도 자루를 가득하게 채웠다. 조카 선영이와 진영이도 주고, 나를 닮아 내가 먹는 것은 모두 잘 먹는 인천에 큰아이 재영이 작은아이 주영이도 가져다 주려고 한다.

골짜기에 오면 먹고 싶은 것도 참 많은데 내가 좋아하는 과일대신 한참은 먹을 것 같다. 두고두고 어머니와 같이 날마다 골라 먹어야 되겠다.

여름 해는 길기도 하다. 집에 내려오니 아직도 해가 중천에 있는 것이 아닌가. 나는 지난 겨울에 어머니와 땔감을 하다가 나무 몇 개를 챙겨놓았다. 며칠 전에 비가 내리던 날 창고에서 껍질을 벗겼는데 오늘 오후에는 마무리를 해서 방에 들여놓을 생각이다.

작은 새 한 마리도 만들었다. 어머니가 물으신다.

"그것이 뭐냐?"

"작품이에요."

골짜기에 있다 보니 이런 취미도 생겼다. 정말 작품성이 있는 것인지 나도 잘 모르겠다. 앞에도 뒤에도 개성이 확실한 참 이상한 나무다.

오늘도 이렇게 골짜기에서의 하루가 지나가고 있다. 하늘은 어두워져가는 산 위 멀리에 붉은 노을로 물들인다. 온종일 나와 친구하던 골짜기는 이내 어둠에 묻혀서 보이지가 않는다. 이곳에서 다시 이렇게 일주일이 지나가고 있다.

앞에도 뒤에도.

꽃이 피던 날

　흐린 가을날의 연휴가 끝나는 마지막 밤. 상경하는 차량들 틈에 끼어 나도 도시를 향해서 질주하고 있다. 국도가 끝나고 올림픽대로를 지났다. 이제 마지막 코스인 경인고속도로에 진입했다. 그리고 얼마 후. 나는 비어있는 공간에 차를 멈추고 터벅터벅 무거운 걸음으로 그렇게 걸어가고 있었다.

　과일을 먹고 영화를 보고 텔레비전의 프로그램도 끝이 났다. 새벽이 가까워오자 그녀가 많이 아픈가보다. 신음소리를 내며 심하게 앓고 있다. 다리를 주물러도 팔을 주물러도 소용이 없다.

　"날이 새면 병원에 가자."

　그렇게 길었던 밤을 보내고 아침이 되어서야 병원을 찾았다.

　그녀는 감기몸살이었다. 주사를 맞고 처방전을 들고 약국에 가서 약을 지었다.

　"무엇이라도 먹어야지?"

　우리는 예전에 가끔 들렀던 국수집으로 갔다. 오는 길에 과일을 사 가지고 돌아와 거실의 소파에 누워서 잠이 들었다.

　밖이 어두워 온다. 저녁식사는 김치볶음밥에 김을 곁들여 한 끼를 때우고 또다시 밤이 되었다. 오늘밤도 많이 아픈가보다. 어제처럼 그렇게 신음하며 앓고 있다. 여름날의 몸살에 마음까지 아플 테니 얼마나 고통스럽겠니.

　새벽 비 내리는 소리가 들려온다. 열린 창문 사이로 비바람이 시원하게도 불어온다. 빗소리에 멈춘 잠은 좀처럼 다시 들 수가 없어

나는 뒤척이고 있다.

어떻게 해야 하나. 어떻게 살아가야하나. 운명의 시간은 점점다가오고 있는데…

세월이 얼마나 흘러갔는지도 나는 모르겠다. 아마도 해가 열 번정도는 바뀐 것 같다. 긴 겨울의 추위에 떨며 몸부림치던 나무도 초록의 새 옷으로 단장을 하고 꽃을 피우던 그날, 청바지를 입은 긴머리의 소녀는 나비처럼 날아와 내 앞에서 멈추어버렸다.

하얀 얼굴에 그윽한 두 눈의 소녀는 어느 날 성숙한 여자로 나에게 다가왔다. 언제인가 학교에서 배운 지식이 생각난다. 머리에서명령을 내리면 몸은 따른다고 했나. 안 된다고 생각하는데 명령을거부하고 갈등하는 나를 나는 그리 오래되지 않아서 알게 되었다.

한 여름의 더위가 절정에 이르던 날 우리는 잠시 도시를 탈출할수 있는 시간이 주어졌다. 지난 밤 마신 술에 속이 아파 왔다. 택시뒷좌석에 나란히 앉은 두 사람은 지방도로를 달리고 있었다.

어쩌란 말인가 사랑하고 있는데. 아니, 이미 사랑해 버렸는데. 내차라리 당신을 몰랐다면 우리 두 사람의 가슴은 이렇게 아프지도이렇게 병들지도 않았을 테지. 아프다. 너무 아프다. 가슴이 너무아파서 나는 살아갈 수가 없다. 오늘 이 밤도 눈물로 지새우는 당신을 보니 남아있는 나의 가슴 한 조각마저도 무너져 내린다.

우리 언제 다시 만나겠지. 지금은 이렇게 헤어져야 하지만 우리언젠가는 다시 만날 그런 날이 있겠지. 울고 있다. 이별이라는 서러운 이름 앞에 당신의 슬픈 두 눈이 나의 아픈 이 가슴이 지금 이렇게 울고 있다.

여름날의 가슴앓이

이 도시에 비가 내린다. 한여름 밤에 장맛비가 내린다. 뽀얀 차 유리 너머 저편에 보이는 희미한 가로등도 눈물을 흘리며 울고 있다. 차창에 둔탁한 소리를 내며 내리치는 굵은 빗방울은 세상을 온통 바다로 만들듯이 무섭게 쏟아지고 있다. 한적한 모퉁이에 차를 멈추고 밀폐된 좁은 공간에서 마주앉았다.

이 여름날 빗물만큼이나 많은 눈물을 흘리며 숱한 낮과 밤을 갈등하는 우리의 상처 진 두 가슴에도 소낙비가 내린다. 언제쯤일까. 날이 가면 갈수록 세월이 가면 더할수록 아파 오는 이 가슴앓이를 언제쯤에나 마감을 하려나. 슬퍼진 그녀의 얼굴을 바라보며 차창밖의 빗물을 바라보며 나는 지금 비처럼 무너져 내리고 있다.

우리는 전생에 무슨 인연 이었을까. 무슨 인연 이었기에 이렇게도 아픈 가슴을 안고 깊고 깊은 늪에서 헤어나지 못하고 있는 것인가. 나는 말없이 그녀의 손을 잡는다. 목이 길어서 슬픈 짐승이라고 했던가. 사슴의 눈을 닮은 그녀의 슬픈 두 눈에서 눈물이 넘쳐 흐른다.

나는 고개를 들었다. 눈물이 흐르는 그녀의 얼굴에 입술을 얹었다. 눈물은 바닷물이 되어 내 목젖을 뜨겁게 적시며 넘어가고 있다. 가슴이 아려온다.

그랬다. 난 이미 그녀 없이는 살아갈 수가 없는 나약한 존재가 되어버렸다. 세상에… 내 앞에… 그 많은 사람들 중의 한 사람일 뿐인데…

밤하늘에 비는 더욱 세차게 쏟아진다. 전조등을 켜고 제동장치를 풀고 1단 기어를 넣었다. 에어컨을 켜서 차 유리의 뿌연 안개를 제거하고 와이퍼를 작동하며 서서히 빗속을 가고 있다.

큰길에는 차들이 흙탕물을 튀기며 질주한다. 마주 오는 차량의 불빛이 빗물에 아른거린다. 비는 그치지 않고 밤새 내릴 모양이다. 올 여름은 장마도 길고 비가 내리는 날도 많다는데…

언제부터인가 비를 좋아하는 나는 비가 내리면 심하게 흔들리는 나를 어찌할 수가 없다. 밤이면 창문을 두드리는 가슴 시린 소리에 잠을 이룰 수가 없다. 세상이 비에 젖으면 내 영혼도 빗물처럼 흘러 내린다.

거리가 한산하다. 밤이 늦은 탓인가. 초라한 가로등 아래 차를 멈추었다. 하얀 그녀의 얼굴을 바라보며 손을 잡는다.

"잘 자."

나는 달리 할 말이 없다. 한참이 지나서야 차에서 내려 빗속을 걸어가는 그녀의 뒷모습을 나는 그냥 바라보고 있었다.

목이 걸어서 슬픈 짐승이라고…

나를 여기에 남겨둔 채

어제의 일이 고단했었나보다. 어머니가 깨운다.

"애야! 그만 자고 일어나거라."

아침밥을 먹고 또 한숨을 자고 한나절이 다되어서야 골짜기의 밭으로 올라갔다. 흐린 하늘에서 구름이 지나가고 간간이 따갑게 햇살이 내린다.

무 밭에 풀 뽑기를 시작했다. 산 속의 넓은 밭. 혼자서 일을 하니 표시도 안 나지만 하루에 몇 이랑이라도 잡초를 제거해야한다. 두 시간쯤 지나갔다. 여름 날씨가 그렇듯 뜨겁던 하늘이 갑자기 어두 워지면서 소낙비를 쏟아 붓는다. 잠시 후 그치겠지. 그러나 비는 그치지 않았다. 나는 젖은 옷을 나무 가지에 걸어놓고 골짜기의 물속으로 들어갔다.

그랬다. 여름날의 한 낮. 소낙비를 맞으며 들꽃이 피어있는 산속에서 목욕을 하는 것은 생각보다도 운치가 있었다. 춥지도 않았다. 쏟아지는 빗속에 퇴색한 나뭇잎 하나 떨어져 물 위에 떠있다. 이제 여름이 가고 있는가 보다.

나는 아예 하나 가져다놓은 빨래비누로 머리를 감고 세수를 했다. 수건에 비누칠을 하여 온몸을 문지르니 쏟아지는 소낙비에 자동으로 비누거품이 씻겨 내려간다. 그리고 물속에 들어가서 한 바퀴 몸을 뒤집었다. 빗속의 목욕은 끝이 났다.

세숫비누와 샴푸를 구입한다고 하면서도 여름이 다 가도록 이렇게 빨래비누 하나로 해결하고 있다. 습관이 되니 빨래비누로 머리

감고 세수를 하는 것이 나에게는 더 개운한 것 같기도 하다.

집에 내려왔다. 꽃을 좋아하는 어머니는 이웃집에서 꽃모종을 얻어오셨다. 나는 이름을 알 수 없는 이 꽃을 화분에 심어 하늘 보며 길게 피어있는 보라색 국화 앞에 놓았다. 내년 봄에 흙집을 지으면 마당가에 화단을 만들어서 그곳에 옮겨 심을 참이다.

오늘도 비가 내린다. 여름이 지나가는 날 골짜기에는 추석명절을 앞두고 이렇게 비가 자주 내린다. 꼭 일주일을 산 속에 있었는데 얼굴은 털보가 되었고 피부는 많이 검어졌다. 부슬부슬 내리는 이슬비를 맞으며 우산도 없이 마당가에 우두커니 앉았다.

"비 오는데 왜 그러고 있니?"

나를 본 어머니가 나에게 말한다. 비에 젖어 상념에 젖어 서울하늘을 바라보니 오늘은 흐린 저 하늘만큼이나 나도 많이 우울하다.

도시를 떠나 올 때는 마음이 몹시 설레지만 여기에 와서 이렇게 며칠이 지나고 나면 몸도 마음도 힘겨워지는 것은 왜일까. 이렇게 비가 내리는 날이면 내 마음도 빗물에 젖어든다. 나는 방에 들어와서 벽에 걸린 기타를 내렸다.

나의 인생을 바꿔놓은 기타. 혼자 중얼거리며 먼지를 털고 지금의 내 마음 같은 노래를 연주해본다.

『조용히 비가 내리네 추억을 말해주듯이. 이렇게 비가 내리면 그날이 생각이 나네. 옷깃을 세워주면서 우산을 받쳐준 사람. 오늘도 잊지 못하고 빗속을 혼자서 가네…』

그래도 다행이다. 이렇게 한없이 외로움을 느낄 때 나에게 기타를 연주할 수 있는 재능이 있다는 것이. 빗소리에 기타소리에 오늘도 밤이 오는 골짜기의 어둠만큼이나 무섭도록 나는 다시 외로워진다.

여름이 가고 있다. 잊지 못할 또 한편의 추억을 나의 가슴에 남기며… 태양이 뜨거웠던 여름날이 이제는 가고 있다. 나를 여기에 이렇게 우두커니 남겨둔 채로.

선녀 탕

　　오늘은 강이 보이는 2층에서 아침 해를 맞이했다. 그리고 길가의 포장집에서 올챙이국수로 식사를 했다.

　　강원도. 특히 홍천지방에는 옥수수로 만든 올챙이국수가 유명한데 이 올챙이국수는 숟가락으로 먹어야 한다. 더운 여름날 열무김치를 곁들여 먹는 올챙이국수는 그 맛 또한 별미다.

　　오늘은 일을 하루 쉬기로 하고 이렇게 산길로 강 길로 드라이브를 하고 있다. 진동을 지나서 점봉산 가는 길로 들어섰다. 언젠가 승용차로 먼지를 일으키며 힘들게 넘었던 비포장 길의 꼭대기 조침령이 보인다. 조침령에서 바라본 먼 산은 웅장하게 펼쳐져있었고 올라가던 길보다는 내리막길이 더 위험했었다. 지금 생각하면 승용차로 어떻게 그 길을 넘었는지 아찔하기만 하다.

　　점봉산에 가까워지니 운치 있는 산장도 있었다. 길가의 돌밭에는 작물이 파랗게 자라고 있었다. 이제 길은 더 갈 수 없는 점봉산 마지막까지 왔다.

　　여기는 골짜기마다 길은 험해도 드라이브 코스로는 최고다. 예전의 어느 날인가 갔다가 어두운 밤에 내려왔던 전국에서 가장 유명한 내린천 상류에 있는 개인산 약수와, 밤새 물 흐르는 소리가 맑게도 들리던 대경사 절에서의 그 밤도 잊을 수가 없다. 그뿐인가. 산골아이들이 매달려있던 골짜기의 자두나무에 빨갛게 익은 자두는 너무도 맛있었지.

　　날씨가 덥다. 행치령 아래 폐쇄된 다리 위에 차를 주차하고 골짜기로 올라가서 계곡으로 내려갔다. 물이 참 맑다. 나는 어느새 동심 속의 세계로 돌아가고 있었다.

너는 처음일 테지. 이런 곳에서 목욕을 하는 것이. 나는 옛날 학교에서 돌아오는 길에 더우면 언제고 동무들과 개울물에 풍덩 뛰어들곤 했었지. 늘 그냥 스치고 지나가던 길인데 여기에도 이렇게 나무에 가려지고 바위에 가려진 선녀 탕 같은 곳이 있었구나.

이 깊은 골짜기에 누가 올 사람은 없겠지. 우리는 옷을 모두 벗어 버렸다. 벌거숭이 몸을 물속으로 밀어 넣었다. 돗자리를 깔고 누웠다. 가지사이로 내리는 햇빛을 우산으로 가렸다.

행치령을 힘겹게 오르는 자동차소리가 나무와 수풀사이로 숨차게 들려온다. 눈을 감았다. 하늘만큼이나 맑은 바람이 살결을 스치고 지나갔다. 그랬다. 인적 없는 산속의 물가에서 보내는 우리의 여름은 한낮의 꿈처럼 그렇게 지나가고 있었다.

비료주기

한여름의 오후. 일이 힘들어서 그런지 식욕이 없다. 평소에는 좋아하지도 않던 고기가 먹고 싶다. 그 흔한 돼지고기도 언제 먹었는지 기억이 없다. 점심식사로 삶은 옥수수 몇 개를 먹고 나는 골짜기로 올라간다.

하루 중에 제일 더운 시간이다. 내일은 비가 내린다는 일기예보가 있어서 오늘 무 밭에 못다 준 비료를 마저 주려고 한다. 이렇게 더운 한 낮은 피하려고 아침 일찍부터 일을 시작했지만 서두르지 않으면 오늘 모두 마치기는 어려울 것 같다.

연일 최고기온을 경신하는 날씨에 20kg의 비료를 통에 부어지고 밭이랑 사이에 뿌리고 있다. 어깨도 아프고 허리도 아프고 너무 힘들다. 한이랑 갔다가 돌아와서 물 한번 마시고 얼굴 한번 씻고 일하는 시간보다는 쉬는 시간이 더 많다. 그래도 이렇게 골짜기에 차가운 물이 흐르고 나무그늘이 있어서 참 다행이다.

"애야! 쉬었다가 해라."

저 만치 아래에서 어머니의 반가운 목소리가 들려온다. 손에는 참이 들려있다. 점심식사로 삶은 옥수수를 먹기는 했지만 지금이 배가 고파 올 시간인 것을 어머니는 알고 있다. 내가 집을 나서며 늦게라도 일을 마저 끝내고 내려온다는 말이 어머니의 마음에 걸린 것이다. 하지만 지금 쉬면 오늘 이 일은 모두 마치기가 어렵다.

"조금만 기다리세요."

나는 그렇게 어머니께 소리쳐서 말을 전하고 한참 후에야 비료주기를 끝냈다.

　얼굴도 몸도 땀으로 범벅이 되었다. 지고 있던 비료 통을 벗어놓고 물가에 주저 앉았다. 물에 손을 씻고 얼굴을 씻고 열무김치에 국수 한 그릇을 뚝딱 먹어치우고 물속에 발을 담갔다. 발이 시려온다. 이마에 땀방울도 하나 둘 스며들어간다. 하늘은 어느새 어두워지고 물든 나뭇잎이 저녁바람에 떨어진다. 이제는 정말 여름이 가고 있다.

　집에 내려와서 누워 있다가 잠이 들었다.

　"애야! 일어나 저녁밥 먹어라."

　어머니의 목소리에 눈을 뜨니 밥상이 차려져 있었다. 골짜기에 있으면 늘 그랬지만 오늘도 어머니와 둘이서 마주앉았다. 저녁메뉴는 버섯 된장찌개와 삶은 옥수수, 그리고 어머니가 파종하여 수확한 찐 호박에 밥 한 그릇이다. 이것으로 나는 오늘의 고단했던 하루를 마감하려고한다.

고라니

쾌 오랜 시간을 잠들어 있었다. 창문을 여니 새벽이 오는 골짜기의 하늘에 별들이 반짝거린다. 물 흐르는 소리 들리는 산 속의 밤은 희미한 달그림자를 밀어내며 그렇게 아침으로 가고 있었다.

촛불을 켰다. 틈새로 스며든 바람에 희미한 촛불이 파도처럼 출렁거린다. 밤새 과거와 미래를 오고가며, 필름 속의 영화처럼 스쳐간 꿈은 골짜기에 내린 하얀 안개가 되어서 기억의 저편으로 멀어져간다.

시간이 가고 있다. 이제 다시는 오지 않을 이 시간이 가슴을 쿵쾅거리며 지금 내 앞에서 쓸쓸한 저 가을을 부르며 멀어지고 있다.

골짜기를 보며 진돗개가 요란하게 짖어댄다. 산에서 고라니가 내려왔나보다. 밤이면 먹을 것을 찾아 고라니가 밭으로 내려와서 파랗게 자라고 있는 무 잎을 뜯어먹는다. 남들은 이런 고라니를 쫓으려고 밤새 공포탄을 터트리며 밭가에 그물망을 설치하지만 나는 그냥 내버려두었다.

먹고 남는 것이 있을 테지. 이렇게 태평한 나를 보고 어머니의 성화가 이어진다.

"밭가에다가 비료포대라도 몇 개 걸어 놔라."

"그것에 고라니가 속겠어요?"

나는 끝까지 그냥 내버려두었다.

며칠을 관찰하니 고라니는 무 잎만 뜯어먹는데 온 밭을 모두 헤집고 다니는 것이 아니고 신통하게도 산 쪽의 밭 가 한 곳에서만 뜯어먹는 것이었다. 덕분에 무 출하 때 성장이 덜된 이곳은 남겨놓아 가을 김장용 무로 요긴하게 먹을 수 있었다.

계절이 바뀌나보다. 하늘은 높고 나뭇잎이 하나둘 물들어간다. 뜰 앞에 빨갛게 피어있던 봉숭아꽃도 시들어간다. 예쁘게 피었던 들꽃도 지고 있다. 이제 멀지 않아서 나의 농사일도 끝이 난다.

가을. 이 계절이 가고 나면 어둠을 헤치고 새벽을 달리던 기억은 이제 추억이 되어 나의 가슴에 머물게 되겠지. 골짜기에는 낙엽이 지고 바람이 불고 앙상한 가지에는 눈보라가 밀려오겠지. 그리고 꽁꽁 얼어붙을 풀과 나무, 들판의 고요마저도 몹시 외롭게 다시 올 면 봄날을 애타게도 기다리겠지.

촛불을 켰다.

고랭지 채소

　고랭지 채소농사 무는 참 신비롭다. 심한 가뭄에 말라 죽어가던 그 작은 새싹이 이제는 커다란 무로 성장하여 이렇게 출하를 앞두고 있으니… 고랭지 채소는 병충해 등 작물관리가 여간 어려운 것이 아닌데, 올해는 가을까지 비가 적당하게 내려서 파종 후에 말라버린 어려움 외에는 가뭄은 타지 않았다.

　채소는 그 종류도 많다. 엽채류, 근채류, 과채류, 양채류 등. 우리가 채소에 대하여 확실하게 알아야 할 것은, 채소를 야채라고도 하는데 이것은 잘못된 용어다. 야채는 일본에서 쓰이는 말이며 우리는 반드시 채소라고 해야 한다.

　채소의 정의와 그중요성을 식품적 가치로 기술해보면, 채소는 원칙적으로 신선한 상태로 이용되며, 주로 부식 또는 간식으로 많이 쓰이는 수목 이외의 초본성 재배 식물이다.

　식품적 가치로는 무기질과 알카리성 그리고 비타민과 섬유질이 풍부한 작물이다. 따라서 현대인의 기호식품이며 약리성을 나타내는 그런 작물이기도하다. 또한 중요한 식량자원(에너지원)이며 농업에서 큰 비중을 차지하는 식품으로 그 가치가 대단한 작물이다.

　여기, 강원도 홍천군 내면은 고랭지 채소 재배지로도 유명한 곳이다. 그중에 배추와 무를 주로 많이 재배하는데 배추에 비해 무 재배가 병충해에도 강하고 손이 좀 덜 가는 편이다. 나는 근채류에 속하는 무 재배를 선택했다. 이유는 관리하기 까다로운 배추보다는 해마다 무가 출하 때 비교적 가격이 안정된 편이기 때문이다.

오늘은 동생부부가 나도 못 먹는 영양제를 무 밭에 살포하고 있다. 뒤에서 줄을 잡아주며 지는 해의 산 그림자에 가려진 나는, 농사를 시작해 나 때문에 더 고단한 두 사람의 뒷모습을 미안한 마음으로 바라보고 있다. 이렇게 겁도 없이 농사를 크게 벌려놓은 것도 믿는 동생이 있었고 어머니가 있었기 때문이다.

또 하루의 날이 밝았다. 이 여름을 보내기가 아쉬운 듯 아직 한낮의 태양이 뜨겁다. 나는 땀을 흘리며 무 밭에 마지막 비료를 주고 있다. 다리도 아프고 허리도 아프고 오후가 되니 맥이 하나도 없다. 그래도 동생이 도와줘서 오전에 절반 정도를 마치고 한 이랑 한 이랑을 오고가며 오늘 모두 마무리를 하려고 바쁘게 서두른다.

점심을 먹고 나니 졸음이 밀려온다. 나는 방에서 한숨 자려고하다가 잠이 들면 오늘 하루 일은 이것으로 끝이기에 냉정하게 마음을 먹고 골짜기로 올라왔다. 평지에는 그런 대로 할만 했는데 경사가 진 언덕 이랑을 오를 때는 종아리가 당기며 발걸음이 떨어지지가 않는다. 이럴 때는 쉬는 것이 약이다.

산골의 가을은 풍성하고 내가 먹을 것은 늘 가까이에 있다. 이렇게 쉬는 참에 먹으려고 오늘은 밭가에 있는 산 복숭아를 몇 개 따왔다. 나는 그 작은 복숭아를 내가 이름정한 무릉도원의 차가운 물에 떠내려가지 않도록 돌로 망을 치고 담가놓았다. 제법 맛이 들었는데 이것을 한참 일하다가 이렇게 물가의 그늘아래 앉아서 먹는 맛은 그 어느 과일과도 비교할 수가 없다.

내 농사일. 내가 혼자 하는 일이니 내가 사장이다. 힘들면 쉬었다 하고 더우면 물속으로 들어가고 허기가 지면 이렇게 자연의 열매를 먹는다. 그리고 일하다가 목이 마르면 여기서 처음 시작되어 바다로 흘러가는 골짜기의 이 맑은 물을 나는 엎드려서 배가 부르도록 마신다.

이렇게 여기의 모두는 신비하기만 하다. 보이는 모두가 그림이고 들려온 모두가 천사의 노래와도 같다. 도시에서는 침침하던 눈이 맑은 물에 눈을 씻고 골짜기의 이름 모를 꽃을 보고 있으면 파란 하늘만큼 나의 눈도 맑아진다.

작물을 재배하며 밭가에 나오는 풀이 원수와도 같았는데 때가 되니 예쁘게 꽃을 피워 나를 기쁘게 한다. 참 다행이다. 여름 내내 힘들게 낫으로 풀을 베며 제초제의 유혹에 많이도 흔들렸는데 정말 다행이다. 이렇게 예쁘게 꽃을 피워줘서.

신호위반

여름은 가고 서늘한 바람이 불어온다. 계절이 바뀌는가보다. 도시의 거리에 가로수 은행잎이 노랗게 물들어간다. 내 가슴에도 단풍잎하나 빨갛게 물들어간다.

얼마의 시간이 흘러갔는지 나는 모르겠다. 그 동안 나에게 무슨 일이 있었던 것일까. 아찔한 현기증에 하마터면 사고가 날 뻔했다. 멍하니 초점 잃은 시선으로 운전하다가 신호를 위반한 것이다.

오늘은 재수가 옴 붙었네. 혼잣말로 중얼거리며 차를 우측으로 붙이고 면허증을 제시했다.

"미안합니다. 급한 일이 있어서…"

통할 리가 없지만 변명 아닌 변명을 해본다. 다행히도 덕망이 있어 보이고 품위가 있어 보이는 검은색 썬글라스의 싸이카 경찰관에게 적발되었다. 그리고 안전벨트 미착용이라는 좀 가벼운 스티커를 발부 받아 앞좌석 보관함에 꾸겨 넣고 또 다른 생각을 하며 가던 길을 가고 있다.

비가 내린다. 가을을 재촉하는 비가 내린다. 메마른 거리에도 나의 이 가슴에도 비가 내린다.

오늘따라 마음이 심란하다. 하지만 그런 내 마음은 표현하지 않은 채 웃는 얼굴로 그녀를 만났다. 음식점이 즐비한 골목의 한 집에 들어가서 점심밥을 먹었다. 그리고 몇 층인가 엘리베이터를 타고 꼭대기에 있는 커피숍에서 나란히 앉아 차를 마신다.

한산한 찻집의 느린 음악이 들려오는 실내에서 우리는 어깨를 기대고 한참을 그렇게 말없이 앉아있었다. 따스하던 그녀의 손은 어느새 땀으로 젖어오고 옷깃을 세운 내 목에선 뜨거운 열이 발산하고 있다.

"가자."

나는 그녀의 손을 잡고 일어섰다.

"얼마에요?"

카운터에서 찻값을 계산하고 나오니 그녀는 엘리베이터 안에서 나를 기다리고 있었다.

그 날을 추억하며

일요일 아침. 나는 인천 집에서 8시에 나와 남동IC로 진입했다. 오늘은 고향에서 초등학교 동문회가 있는 날이다. 그런데 낮 12시에 구미 친척집에 결혼식도 있다. 밤새 고민하다가 장거리 운행을 결심하고 경부선 고속도로 하행선을 달린다.

이 도로를 달리니 지난날이 생각난다. 청송군 진보면. 얼마 만인가 내가 초등학교 2학년 시절이었으니.

우리는 잠시 내가 살았던 그날의 거리를 상상하며 내가 다니던 학교 앞을 지나 어느 음식점에서 저녁밥을 먹었다. 그리고 과일을 몇 가지 사들고 총총걸음으로 숙소에 돌아왔다.

어제 저녁에는 어두운 고속도로를 달려 구미에서 밤을 보냈다. 오늘은 안동 하회마을에 저물게 들렀다가 여기 진보에서 잠을 청하려고 한다. 방이 참 따스하다. 쌀쌀한 날씨 탓이겠지.

"빨리 와. 정상에 거의 다 왔어."

햇살이 눈부신 가을날 아침이다. 앞에서 신나게 걷는 그녀의 뒤를 가쁜 숨을 몰아쉬며 나도 부지런히 따라간다.

"야! 불난다."

골짜기의 빨갛게 물든 단풍나무를 보며 그녀가 소리친다.

그랬다. 산에 불이 난 듯 붉게 물든 단풍나무가 군락을 이루고 바위로 만들어진 산은 가히 그 경치가 장관이었다. 이곳에서 주왕이 머물렀다고 했던가.

"좀 쉬었다 가자."

나는 숨찬 목소리로 말했다.

"쉬면 더 힘들어."

그녀가 저만치에서 소리친다. 우리는 산 정상에 올라가서야 바위에 앉아 가져온 물 한 모금을 마시고 가져온 과일을 먹고 이마에 흐른 땀을 닦는다. 그녀도 어머니처럼 산에 갈 때는 꼭 먹을 것을 챙겼다.

마을풍경이 작게만 보이는 저 먼 아래를 내려다보고 있다.

"이렇게 높은 산은 처음이야. 힘든데 참 좋다."

그랬다. 나는 그녀와 처음으로 이렇게 높은 산을 올라온 것이다.

"약수마다 모두 조금씩 담아가야지. 그리고 약수 이름도 다 써놓아야지."

그녀는 기분이 좋다. 아마도 산을 올라갔다 왔기 때문일 것이다. 이곳에 왔으니 약수터를 그냥 지나갈 수가 없다. 점심을 먹고 나온 그녀는 작은 병에 약수 물을 담는다.

"그래. 여기에 오면 이 곳 약수가 유명해."

나도 한마디 거들며 방금 점심을 먹고도 욕심을 내 또 약수 물을 퍼마신다.

다시 길을 나선 우리는 낯선 풍경을 바라보며 낯선 거리를 달리고 있었다. 사과밭이 보였다. 그리고 또 한참을 더 갔다. 큰 강이 나오고 긴 다리를 건너서 영덕을 지나갔다.

"야! 바다네."

어린아이처럼 좋아하는 그녀의 푸른 바다가 눈앞에 보인다.

그랬다. 우리는 울진 삼척 동해의 바닷가 해변도로를 따라서 강릉방면으로 질주하고 있었다. 어느새 또 하루의 예정된 시간들이 지나가고 내 가슴의 검은 바다에도 어김없이 밤은 찾아왔다.

별이 뜬다. 바다보다도 더 넓은 저 하늘에 초롱초롱 별이 뜨고 있다. 나의 이 작은 가슴에도 유성처럼 빛나는 별 하나 뜨고 있다.

하늘이 무너지는 날이 없다면 내 가슴이 떠내려가는 그런 일이 없다면 아마도 언제까지나 나의 가슴에서 그 별은 그렇게 빛나고 있겠지. 그렇겠지. 날마다 나는 그렇게 영원을 꿈꾸며, 언젠가는 퇴색해 초라한 추억이 되어 내 앞에서 사라져갈 영원하지 않은 오늘을 바보처럼 믿고 있는 것이다.

그렇게 이 거리를 지나갔던 그 날을 추억하며 300km의 거리를 달렸다. 구미에서 친척 얼굴만 보고 예식은 시작도 하기 전에 나는 다시 홍천으로 가는 중앙고속도로 칠곡IC를 들어섰다. 내 운전경력 중 최고의 속도를 내보며 가을 한낮의 설레는 드라이브를 했다. 제천방향에서는 속도위반 사진이 찍혔다.

중앙고속도로를 밤이 아닌 낮에 이렇게 주변 경관을 바라보며 달리기는 처음이다. 모두가 새로웠다. 내가 다녀본 전국의 터널 중 가장 긴 터널이 여기에 있었고 단양 휴게소에서 연료를 보충하고 앞쪽 강을 바라보니 여기에도 미련이 남았다. 수십 층 높이의 교각도로를 달리고 제천을 지나고 나는 어느새 홍천IC를 나와 고향마을 행치령을 오르고 있었다.

오늘 집에서부터 560km의 먼 거리를 운행하여 나 어릴 때 동무들과 공부하던 교정에 들어섰다. 이미 가버린 동무도 있었지만 정겨운 얼굴들이 나를 기다리고 있었다.

2단계 러브 샷. 1단계는 약하다나… 교실에 들어가서 편한 옷으로 갈아입고 이 공기 맑고 하늘 맑은 나의 교정에서 술잔을 들었다. 우리는 새벽이 올 때까지 그동안 못 다한 옛이야기를 나누었다.

다음날. 한낮이 되어서야 흐트러진 머리카락을 쓸어 올리며 방문을 여니 어머니는 가을걷이에 분주하다. 나는 멀리에서 온 옛 동무와 아침에 오대산으로 산행을 가기로 약속을 해놓고 이제서야 일어난 것이다. 내일은 그 동무에게 미안하다고 전화라도 해줘야 되겠다.

낙엽의 눈물

가을의 햇살이 따스하게 내리는 오후. 마당가에 피어난 코스모스 꽃이 바람에 하늘거리며 나를 보고 있다. 이제 얼마 후면 이 모두는 겨울 속으로 사라질 테지. 나도 눈이 내리면 겨울나무 사이로 떠나간다. 먼 봄날을 기다리며 파란새싹을 기다리며 그렇게 떠나간다.

점심을 먹고 골짜기로 올라가니 길가에는 나뭇잎이 어느새 빨갛게 물들어 있었다. 아! 이제는 정말 가을이구나.

낙엽의 눈물을 모르는 사람들은 지금 저 노랗고 빨갛게 물든 나뭇잎을 보며 기뻐 할 테지. 소리 없이 울고 있는 서러운 낙엽의 눈물을 모른 채 기뻐 할 테지.

나는 어디가 심하게 아픈 것도 아닌데 밤새 몸살을 했다. 그 길었던 여름이 가고 지금은 내 가슴에도 이렇게 노랗고 빨갛게 멍을 들이며 가을이 오고 있다.

올 한해 나는 농부가 되어 도시와 골짜기를 바쁘게도 오고가면서, 더덕 500평과 감자 5,000평 그리고 이모작으로 무 5,000평을 재배했다. 상처로 얼룩진 가슴을 위로하며… 방황하는 나를 혹사시키며… 나의 이 고통의 끝은 어디에 있는지 길었던 여름 골짜기에서 나는 많은 날을 번민해야만했다.

산골 농부의 아들로 태어난 덕분에 농사일은 배우지 않아도 할 수가 있었고, 어머니가 이곳에 계시니 하루세끼 밥 굶을 일도 없었다. 또한 소유하고 있는 토지가 있어서 다행이었지만 나 때문에 고향의 동생부부가 고생을 참 많이 했다.

내년에는 내가 먹을 것 외의 작물은 재배 하지 않을 생각이다. 대신 올해 기초 작업을 하고 공사를 중단한 터에 내 손으로 흙집을 지으며 오늘을 회상하게 될 것이다.

　　내가 지금에 와서 지나간 길었던 여름날을 돌이켜보니 많이도 힘들었지만 그래도 잃은 것 보다는 얻은 것이 더 많았다. 하지만 나에게는 아직도 골짜기보다는 도시에서의 할 일이 남아있음을 알게 되었다.

　　서러운 낙엽의 눈물.

저리 가

일요일 밤. 정말 오랜만에 가게를 지키고 있다. 주말이면 언제나 골짜기에서 어머니와 외롭고 힘들고 고독한 시간을 보냈었는데 오늘은 도시의 내 사업장에서 밤을 맞이하고 있다. 빙글빙글 빨간 조명이 돌아가고 취객의 노래 소리가 들려온다. 얼마 만인가 이렇게 일요일 밤에 또 다른 나의 자리에 내가 있는 것이.

나는 많은 날을 떠나있었지만 여기 이 자리도 언제나 나를 기다리고 있었다. 오늘은 이렇게 밤이면 어둠뿐인 골짜기와는 사뭇 다른 도시에서 나의 마음도 차츰 불빛에 젖어들고 있다. forever with you. 추억속의 경음악도 연주해보고 내가 좋아하는 노래도 불러본다.

『어느 날에 그대가 내 가슴에 와 닿았나. 설명할 수 없는 내 마음 당신을 그리며 헤매이네. 사랑해선 안 될 사람 내가 더 잘 알면서 그리워 자꾸 끌리면 어떡하나. 잊는다. 눈을 꼭 감으면 그대 보란 듯 미소로 내게 다가오네. 저리 가. 저리 가. 혼자 있고 싶어. 저리 가. 저리가. 날 내버려둬. 시간이 갈수록 울게 될까봐 두려워. 정 떼지 못한 내가 더 미워.』

…

분위기에 젖어 노래를 부르고 있으면 이 노래는 마치 나를 위해 만든 것 같은 착각 속에 빠진다. 도시에 오면 이렇게 나를 통제할 수가 없다. 언제쯤이나 서성거리는 나의 슬픈 영혼은 그렇게도 평온한 세상에서 눈부신 아침을 맞이하려나. 아직은 골짜기에 할 일

이 남아있지만, 이제는 여름 내내 비워두었던 여기 도시의 이 자리
에도 애정을 주며 돌아올 나의 겨울을 준비해야한다.

언제쯤이나
　　나의 슬픈 영혼은…

무 출하작업

며칠 사이에 골짜기가 노랗게 빨갛게 모두 물들어 버렸다. 어제부터 무 출하작업이 한창이고 나는 어머니와 화물차가 지나가는 길에 감자를 수확하고 있다. 오늘은 이 화물차를 마지막으로 작업이 끝날 것 같은데 무를 머리에 이고 나르는 여인네들의 노동에 감탄만 나온다.

내가 들어보니 30kg이상은 될 것 같은 고무함지박에 담은 무를, 하루 5톤 트럭 화물차에 4대씩 모두 이렇게 머리에 이고 운반하여 싣고 있다. 작업 팀은 지방에서 온 사람들로 남자 둘과 여자 다섯이서 한다. 하루일당은 남자 작업반장은 30만원 여자는 15만원이라고 한다.

가을이라고는 하지만 골짜기의 새벽은 벌써 춥다. 무를 실을 화물차는 아예 밤에 와서 자고 작업인부들을 태운 차량이 동이 트기도 전에 올라간다. 이렇게 일찍부터 일을 시작하여 오전에 5톤 트럭 2대를 실어 보내고 점심식사를 한다. 그리고 오후에 다시 2대의 차량을 더 작업하는데 어느 날은 어두워서야 골짜기를 내려갈 때도 있었다.

많이 힘들다. 나도 어머니와 3일째 감자를 수확하여 마당에 쌓아 놓고 있다. 오늘은 제수씨까지 와서 도와주고 있다. 내가 선택한 농사 일이지만 이렇게 하루의 노동이 끝나고 어둠이 밀려오면 나는 몸도 마음도 너무 아파온다. 밤하늘에 떠있는 달을 보며 흐르는 골짜기의 물소리를 들으며 나를 달래보지만, 여름이 다 가도록 아직도 이렇게 방황하고 있다.

올해 농사자금으로 약2,500만 원이 쓰여졌는데 그 자금은 무 출하로 충당이 되었다. 하지만 감자가 값이 없어 고민이다. 몇 년 만에 감자 값이 폭락하여 인건비는 고사하고 감자 종자 값도 안 되니 말이다. 그렇다고 그냥 밭에다가 버릴 수도 없다. 그래서 다음 주에는 모두 수확을 하여 산처럼 쌓아 놓을 생각이다.

골짜기에서 하는 올해의 마지막 목욕인 것 같다. 좀 춥지만 내가 만든 마당가의 가로등을 켜고 예전과 다를 바 없이 찬물을 온몸에 들어부으며 목욕을 했다. 그리고 어머니와 저녁밥을 먹고 있는데 인천에서 아내에게 전화가 걸려왔다.

"언제 올 건가요?"

"토요일 밤에는 가야지."

일요일에 학교 시험이 있어 토요일에는 가야한다.

"올 때 주문한 감자 가져오래요."

내가 감자를 수확한다고 하니 거래처 사장님이 20kg 담은 감자를 2만 원씩에 15상자를 주문했다. 직원들에게 주겠다고. 감자 값이 폭락했다는 소식에 그 외에도 여러 명의 지인들이 주문을 한다.

이렇게 해서 약 2,000상자의 물량 중에 300상자 정도는 판매가 될 것 같다. 그리고 이참에 가게 고객들에게 한 300상자는 선물할 생각이며, 나머지는 값이 좀 나아지면 가락동이나 인천 농산물시장에 출하하려고 한다.

값이 없으니 감자가 더 크게 보인다. 어머니와 20kg씩 작업을 하여 승용차에 28상자를 실으니 차가 가라앉는다. 내 승용차는 주인을 잘못 만나서 무척 고생을 한다. 엄청난 화물에 산간 골짜기 여행에.

노점

골짜기에서 새벽에 올라왔다. 그리고 아내가 있는 가게에 들러서 영업을 마무리했다. 집에 들어오니 피곤함과 졸음이 한꺼번에 밀려온다. 나는 그냥 쓰러져서 잠이 들었다. 한낮은 된 것 같았다. 눈이 안 떠지고 몸이 무겁지만 오늘은 좀 일찍 일어나야 했었다.

새벽에 올라오는 길에 골짜기에서 무를 싣고 왔는데 집에서 먹을 것을 내려놓고 약 300개 정도를 가지고 집을 나섰다. 그리고 별로 내키지 않아 하는 아내를 점원으로 고용하여 시장모퉁이에 자리를 폈다. 아내도 평범하지 않은 나를 만나서 이렇게 여러 가지 많은 것들을 지금 경험하고 있는 중이다.

한 개에 1,000원. 무는 3시간 만에 동이 나고 말았다. 올해는 무 값이 비싼데 빨리 처분하려고 좀 싸게 판매한 것이다. 저녁이면 가게도 나가야 되고 거리에서 무를 파는 아내가 어색해하기 때문이다. 오늘 판매한 이 수익금으로 골짜기의 보일러 연료통에 바닥이 보이는 기름을 보충할 생각이다.

나는 늘 이렇게 내 주위 여러 사람을 힘들게 한다. 어쩌면 남들이 해보지 못하는 특별한 체험일지도 모르겠다. 작은아이도 큰아이도 자기또래의 도시 친구들은 상상도 못했을 것이다. 뜨거운 여름날에 무거운 비료를 지고 감자밭에 비료주기나 무밭에 약줄 잡아주기 같은 일들을 말이다.

농사일은 힘들다. 그래서 옛날에 아버지는 나에게 공부를 해야 한다고 하셨나보다. 철없던 시절이었지만 그래도 옛날 그 속에서 살던 때가 나에게는 행복했었다. 그리고 지금도 나는 그때가 너무나도 그립다.

무는 3시간 만에 동이 나고 말았다.

시장에서

　인천에 와도 바쁘다. 주문 받은 감자를 배달해주고 덥수룩한 얼굴 면도를 하고 가게로 들어가기 전에 감자 값을 알아보려고 농산물 경매시장으로 갔다. 생각대로 감자 값은 형편없었다. 오늘 아침에 감자 20kg 상품인 왕왕 1상자가 경매가격 7,000원 나왔다고 한다.

　여기까지 오려면 상자 값에 작업 비에 운임을 포함하여 1상자 비용이 3,000원내지 4,000원은 들어간다. 또 여기에 와서도 경매 수수료 등 추가비용이 든다. 상품이 이 정도 값이라면 그 외의 감자는 여기까지 가져오는 비용도 안 된다는 말이다. 그럴 바에는 차라리 수확을 안 하고 밭에 버려두는 것이 나을 테지만 농부의 마음은 그렇지가 않다.

　인건비가 안 나와도 여름 내내 땀과 정성으로 가꾼 농사 수확은 해야 된다. 또한 가격이 안 맞아도 내가 재배한 작물 출하도 해야 하는 것이 농부다. 마음은 아프지만 이것도 내가 헤쳐 나가야할 길이고 내가 살아가는 또 하나의 인생일 것이다.

　골짜기의 밤과는 너무도 다르다. 어둠이 더할수록 분주한 여기는 인천 구월동 농산물시장이다. 토요일 오후에 오면 다른 날 보다는 좀 저렴하게 물건을 살 수가 있다는 것을 나는 오늘 알았다. 일요일은 시장이 휴일이니 상인들도 물건을 재고로 남기려고 하지 않기 때문이다. 오전에는 1상자에 18,000원 하던 머루포도가 지금 이 시간에는 12,000원으로 가격이 내렸다.

시장에 오면 생기가 넘친다. 모처럼 사람들이 활기차게 살아가는 모습을 보니 나도 오늘은 시장을 밝혀주는 백열등만큼이나 마음이 밝아진다. 파는 사람과 사려는 사람의 흥정도 흥미롭다. 이곳 저곳을 둘러보며 시장을 한 바퀴 돌아 나는 머루포도 1상자를 구입하여 승용차에 싣고 시장을 나서고 있었다.

삼밭골 성황당

흐린 가을날 아침에 지는 나뭇잎을 보며 이미 떨어진 낙엽을 밟으며 나는 골짜기를 올라가고 있다. 앙상한 가지를 허공에 두고 돌아올 겨울을 기다리는 나무도, 마지막 남은 잎새를 애처롭게 부여잡고 떨고 있는 나무도, 이 가을이 아프기는 나하고 마찬가지일 것이다.

삼밭골. 그 상큼하던 봄날의 향기는 이제는 가고 없다. 한 여름의 무성함도 거역할 수 없는 시간의 흐름 앞에 이 계절의 바람 앞에 피할 수 없는 운명이 되어 지금 내 앞에서 가엾이 흩날리고 있다.

길었던 여름날 정한수 떠놓고 빌지 않아도 별일 없이 어머니와 나를 잘 지켜준 골짜기의 성황당에도 어김없이 가을이 왔다. 초라한 작은 지붕에는 어느새 낙엽이 쌓여가고 참갈나무 우뚝 선 마당에도 갈잎이 자리를 깔았다. 그 성황당 앞에서 나는 무엇을 소원하고 있었는지 한참을 떠나지 못하고 나무처럼 서 있었다. 물소리, 새소리, 바람소리를 들으며 낙엽이 지는 소리를 들으며 그렇게 서있었다.

집 뒤의 고목이 되어버린 밤나무에서는 작은 열매가 떨어져서 다람쥐가 제철을 만났다. 가끔 어머니가 몇 톨 주울 뿐 아이들이 없으니 모두가 다람쥐 차지가 되어버렸다.

가을날 한가로운 오후. 다람쥐 한 마리가 마당가 바위에 앉아서 요기를 한다. 이제는 나하고 낯이 익어서 달아나지도 않고 제 할 일에 한창 바쁘다. 저렇게 맑은 다람쥐의 눈을 보며 가을이 가는 소리를 들으며 나는 오늘도 적막한 여기서 노란 물감으로 내 가슴에 빛 바랜 가을날의 풍경을 다시 채색하고 있다.

나이가 들었다고 왜 감성이 없겠는가. 늙으신 어머니라고 왜 이 가을이 쓸쓸하지 않겠는가. 나하고 아파하는 느낌이 다르고 아파하는 부위가 다를 뿐, 칠순의 우리 어머니도 지금 나처럼 날마다 여기서 이 슬픈 계절에 가슴앓이를 하리. 대롱거리는 나뭇잎을 보며 떨어진 낙엽을 모아 태우며 그렇게 가슴앓이를 하리.

가을걷이가 끝난 골짜기는 쓸쓸하다. 나무의 앙상한 가지는 허공에서 떨고 있고 바람에 뒹구는 낙엽은 제 갈 곳이 어딘지도 모르고 하루 종일 맴돌고 있다. 날이 갈수록 가을이 더할수록 내 가슴의 가을나무도 심하게 흔들린다. 하지만 오늘도 나는 이렇게, 어머니와 속내를 감춘 채 감자를 담아 화물차가 되어버린 승용차에 가득히 싣고 어머니가 끓인 청국장에 저녁밥을 먹었다.

아침에 일어나니 기온이 뚝 떨어졌다. 큰일이다. 이제 날씨가 추워오는데 감자를 빨리 수확하지 않으면 밭에서 얼어버리기 때문이다. 저장할 곳도 없고 수확해봐야 인건비도 안 나오니 정말 고민이다. 무 작업차량 지나가는 길을 내며 수확한 감자도 마당에 쌓여있는데…

아침밥을 먹고는 보온 덮개로 마당에 있는 감자를 몇 겹 덮었다. 그리고 파란 천막으로 비가 안 들어가도록 겉을 다시 한 번 덮어 돌로 눌러놓았다. 밭에 있는 감자도 이번 주 내에 수확을 하지 않으면 얼어서 버리게 될 것 같다. 농사를 올해 처음 지었으니 하우스나 저장고가 있을 리가 없다. 그렇다고 밭에다가 그냥 버려 둘 수도 없고 수확하여 저장을 하자니 그 비용이 감자 값보다도 더 들게 생겼다.

심란한 마음으로 어제 어머니와 작업한 감자를 싣고 상경하는 중에 골짜기의 동생에게서 휴대전화로 전화가 걸려왔다.

"형! 어디 있어요?"

"인천으로 가고 있는 중인데… 왜?"

"지금 감자장사가 왔는데 어떻게 할까요?"

"얼마나 준데?"

"250만 원요."

종자 값이 300만 원 들어갔는데 250만 원 준다고 한다. 퇴비에 심고 키운 인건비는 말고라도 종자 값도 안 되는 정말 어처구니없는 가격이다. 물론 무 차 지나가는 작업 길을 내면서 미리 수확한 것도 있지만 평당 500원대의 가격이다. 밭에서 평당 8,000원은 받아야 되는 가격이 올해는 이렇게 폭락한 것이다.

선택의 여지가 없다. 그나마 그래도 참 다행이다.

"팔아야지. 네가 알아서 해."

나는 이렇게 상경 중에 동생에게 전화로 위임을 하고 쓸쓸한 마음으로 팔당대교를 건너고 있었다.

성황당에도 가을이 왔다.

희망의 길

이른 새벽에 내려온 터라 많이 졸렸지만 나는 잠을 잘 수가 없었다. 마당에 쌓아 놓은 감자를 얼기 전에 마무리 하려면 서둘러야하기 때문이다. 요즘은 이렇게 하루가 멀다 하고 도시와 골짜기를 오고가고 있다. 오늘도 아침부터 어머니와 감자 작업을 하여 승용차에 가득 실어놓고 오후에야 잠이 들었다.

바람이 창문을 흔든다. 빗방울이 창문을 두드린다. 둔탁한 소리를 내며 떨어지는 가슴시린 소리에 눈을 떴다. 어머니는 TV를 켠 채로 잠이 들었다. 골짜기의 밤은 오늘도 어둠과 적막을 동반하고 비를 앞세워 이토록 외롭게 밀려오고 있다.

"피곤한데 자고 아침에 가거라."

주섬주섬 챙기며 일어서는 나를 보며 어머니가 말씀하신다. 사실은 자고 아침에 가려고 했었는데 밤에 내리는 저 비 때문에 마음이 변한 것이다. 나는 비가 내리면 가만히 있을 수 없을 만큼 심하게 흔들린다. 그래서 지금 빗속을 헤치며 밤길을 가려고 한다.

"추운데 들어가세요."

"천천히 가거라."

어두운 밤. 골짜기의 희미한 불빛 아래서 나는 이렇게 어머니와 작별을 하고 길을 나선다.

제법 쏟아지는 빗물을 와이퍼로 밀쳐내며 꼬불꼬불 행치령을 내려와 도시를 향해 달리고 있다. 간간이 스쳐 지나가는 자동차의 불빛을 마주하며 모처럼 내리는 이 가을의 밤비에 마음을 적시며 그렇게 상념에 잠겨본다.

늘 다니는 길이지만 매번 다른 느낌과 감성으로 지나가는 이 길은 나에게 많은 의미를 부여하는 길이다. 외로울 때는 더 많이 외로움을 주고, 기쁠 때는 한없이 희망을 안겨주며 내 가슴을 고동치게 하는 그런 마음 설레게 하는 길이다.

그렇게 양평까지 왔다. 운행거리 100km. 남은 거리 100km. 양평, 여기가 꼭 중간지점이다. 화장실을 들렀다가 차 한 잔을 마시고 우산도 없이 그냥 거리에 서있었다. 빗물을 일으키며 서울로… 서울로… 자동차가 바쁘게 질주하고 있다. 초라하게 나를 비춰주는 가로등의 불빛도 차갑게 내리는 비를 맞으며 떨고 있다. 잡을 수 없는 오늘을 서럽게 보내야하는 나처럼.

어머니의 무청 말리기

가을은 나에게도 많이 고독한 계절이지만 이제 겨울로 가고 있는 골짜기는 참으로 쓸쓸하기 그지없다. 흐린 하늘의 싸늘한 바람 앞에 한 잎 두 잎 서럽게 지는 나뭇잎을 바라본다. 생을 다하고 퇴색해 사라져 가는 내 앞의 이 마지막을 보니 나의 눈에도 눈물이 고인다.

나만이 그런 것인가. 누구에게나 계절도 있고 느낌도 있을 것인데 왜 나는 그들보다도 느낌이 더하고 아픔이 더한 것일까. 지나간 날은 기억하고 싶지가 않은데 왜 자꾸만 떠오르는 것일까. 저 말라버린 들판을 보며 나를 보며 언젠가는 세월 속으로 묻혀버릴 나의 얼굴을 살며시 매만져본다.

골짜기에 서리가 내렸으니 이제는 눈이 내릴 차례다. 도시에서는 아직 이른 겨울나기 준비를 여기 골짜기에서는 서둘러야 한다. 하루 해가 짧은 어머니는 오늘도 무청 말리기에 바쁘고 아직 마무리가 안 된 콩 타작에 걱정이 태산이다.

어머니는 오늘 겨울에 먹을 무청을 마당의 빨래 줄과 나무 가지에 걸어 말리고 있다. 해마다 가을이면 이렇게 말려서 겨울 내내 된장국을 끓여 드신다. 올해는 내가 무 농사를 짓는다고 소문이 나자 나를 아는 도시의 많은 사람들이 무청에 관심이 많다. 암 예방에 좋다고 봄부터 부탁을 하는데 모두 들어주지는 못할 것 같다.

해가 지니 춥다. 무청으로 끓인 된장국에 배추쌈으로 어머니와 저녁밥을 먹고 TV를 보고 있다. 흔들리는 골짜기의 전파에 시원치 않은 화질이지만 어머니는 늘 기다리는 드라마가 있기 때문이다.

몇 시나 되었을까. 오늘도 TV를 시청하다 잠이 들었다. 일요일이라서 상경하는 차량이 많아 아예 늦게 출발하려고 마음을 먹은 터라 한잠을 잤다. 벽에 걸린 시계를 보니 새벽 1시20분. 냉장고에서 오가피 삶은 물을 한 컵 마시고 나는 또 떠날 채비를 하고 있다.

어머니는 보리차 대신에 오가피와 느릅나무 삶은 물을 항상 냉장고에 채워놓고 나에게 마시게 한다. 또 인천으로 갈 때에는 몇 병씩 냉동실에 얼려서 챙겨주신다. 그래서 그런지 몇 년을 그렇게 먹었더니만 예전보다도 얼굴이 좋아졌다는 말을 가끔 듣고 있다. 아마도 노화방지에 정말 효험이 있는가보다.

헤어져야 할 시간이다. 적막한 골짜기 여기에 칠순의 어머니를 혼자 두고 방문을 나선다. 길었던 여름, 나하고 동무되어 아픈 다리로 들판에서 함께 땀을 흘리고 밤이면 몹시 고단했던 어머니와도 지금은 이렇게 작별을 해야 한다.

낮과는 다른 세상이다. 옷깃을 세우고 작은 화물차에 올라탔다. 늘 승용차로 짐을 싣고 다녔었다. 그런데 이번에는 가게의 고객 한 분이 골짜기에 간다는 것을 알고 고맙게도 작은 화물차를 내어주었다. 이왕에 짐차가 왔으니 나는 이것저것 좀 많이 실었다.

오늘밤은 하늘이 흐려서 별도 보이지가 않는다. 짙은 어둠 속에 차가운 바람이 불어오는 이 새벽 마당에 나를 배웅하는 어머니가 움츠리고 서있다.

"천천히 가거라."

집을 나설 때면 언제나 나에게 당부하는 말이다. 떨리는 어머니의 목소리를 들으며 덜컹거리는 길을 내려가고 있다. 나는 오늘도 이렇게 골짜기에 눈물을 남기며 이 가을과 이별을 하고 어머니와 작별을 한다.

　어머니. 나의 어머니는 얼마나 더 세상에 남아 머무르며 동화 속 같은 날들을 나의 가슴에 새겨 주시려나. 늘 넉넉하지 못한 골짜기 생활에 나에게도 어머니에게도 언제나 안타까운 추억들만 하나둘 쌓여가고 있다.

이별

이제는 완연한 겨울이다. 산도 들도 주인이 떠나버린 폐허처럼 되어버렸고 아침의 숨찬 바람은 폐까지 시려온다. 졸졸거리며 흐르는 여기 골짜기의 계곡 물도 밤새 추위를 참지 못하고 하얗게 얼어붙었다.

그랬다. 몇 날 만에 돌아오니 골짜기는 이렇게 저마다의 겨울나기에 하나둘 적응하며 나를 그냥 본체만체 하고 있었다.

가을걷이가 끝난 들판은 쓸쓸하다. 골짜기에 피어났던 희망의 꽃도 내 가슴을 곱게 물들이던 화려한 나뭇잎도 이제는 지고 없다. 저 하늘의 태양마저 스산하게 비추며 지나가는 여기는, 길었던 여름날 내가 흘린 땀이 스며있고 숱한 날 숱한 나의 번민을 묻어놓은 곳이다.

무릉도원. 내가 정한 이름이다. 초록이 짙던 그날과는 달리 겨울의 가뭄에 물이 마르고 골짜기의 찬바람에 가지가 떨고 있다. 그 뜨겁던 날, 얼굴에 흐르던 땀을 수없이 씻어주며 나를 단 한 번도 거부하지 않았던 이 맑은 물도 지금은 묵묵히 겨울로 가고 있다.

봄날은 갔다. 여름날도 갔다. 저 타오르는 불꽃과 함께 나의 마지막 가을도 이제는 가고 없다. 오늘은 이 가을과 이 들판과 이별을 하려고 여기에 왔다. 여름날 쏟아지는 태양을 받으며 비를 맞으며 수없이 정들었던 풀과 나무여! 이제는 너와도 헤어져야한다. 이제는 너와도 이별을 해야만 한다.

나의 지쳐버린 육신과 상처받은 영혼을 가엾이도 매만지며 나를 지켜준 골짜기. 너에게 감사한다. 나의 인내와 고통과 땀으로 얼룩졌던 저 들판의 돌과 흙, 그리고 슬피도 울어주던 이름 모를 작은 풀벌레에게도 아쉬움을 전한다.

맑은 여기에 인간으로 하여 흉하게 뒹굴던 것들은 불씨를 놓아 모두 태워버리련다. 불꽃을 보며 연기를 보며 타버리고 남은 재를 보며 나는 지금 여기서 이렇게 골짜기와 이별을 하고 있다.

인간과 헤어짐만이 서글픈 것이 아니었구나. 여름이 더디던 날. 나에게 아름다움을 주고 향기를 주던 이름 모를 꽃이여, 혼탁한 내 영혼을 수없이 씻으며 스치고 지나간 바람아 흘러간 물이여, 너하고도 헤어지려니 눈물이 난다. 너하고도 이별을 하려니 가슴이 저미어온다.

아침이면 울어주던 뒷산 참갈나무의 종달새도, 밤이면 쏟아지며 흐르던 저 하늘의 별도, 그리고 기울어져가던 달도 이제는 내 기억 속에 한 폭의 그림으로 남기리.

이름 모를 꽃이여!

2005 11 30

어머니의 古稀宴

오늘은 춥지만 기쁜 일요일. 어머니의 七旬잔치를 하는 날이다. 고향에서 어머니의 친구들을 대절버스로 초대를 하고 일가친척도 나의 벗도 축하를 해주기 위하여 많이도 와주었다.

여름 내내 골짜기에서 농사일로 어머니의 얼굴이 검게 그을려 안타까웠는데, 미장원에 가서 머리를 하고 분을 바르니 우리 어머니의 얼굴도 참 곱다. 케익크에 촛불을 밝히고 祝歌도 불렀다.

『낳실제 괴로움 다 잊으시고… 』

눈물이 핑 돈다.

이제 오늘은 다시 오지 않겠지. 그날이 오면 어머니는 나를 두고 냉정하게 떠나시겠지. 이렇게 즐거운 날 왜 자꾸만 눈물이 나는 것일까. 우리가 살아가는 이 세상은 누군가를 만나면 언젠가는 꼭 헤어져야만 하는데. 그 사람이 어머니라고 할 지라도 어쩔 수가 없는 것인데. 그것이 우리가 살아가는 가여운 인생인 것을.

나의 아들은 어느새 저만큼 자랐을까. 어머니를 등에 업고 하객들의 환호를 받으며 씩씩하게 연회장을 돌고 있다. 기쁨과 서글픔이 범벅이 되어 한꺼번에 밀려온다. 세월은 정말 물같이도 흘러갔다. 10년 전 어머니 回甲잔치 날은 그 어리던 조카 쌍둥이도 오늘은 숙녀가 되어있다. 하도 예뻐서 사진 한 장을 찍었다.

시간은 붙잡을 수가 없는 것. 그 즐거웠던 여흥도 끝이 나고 이제는 다시 헤어져야한다.

"이 기쁜 날 어머니의 古稀宴을 함께 祝賀하여주셔서 感謝합니다. 이렇게 저에게도 어머니가 곁에서 버팀목이 되어주심을 感謝합니다."

울먹이는 나의 마지막 인사도 끝이 났다. 이제 멀리 부산으로 고향 강원도로 늦은 밤까지 그렇게 모두는 돌아가야 한다.

언제나 나의 가슴을 벅차게 하는 이름 어머니. 오랜 세월 내가 불러왔던 정겨운 어머니라는 그 이름도 이제는 차츰 나에게서 떠나갈 준비를 하고 있다. 그날이 오면 어쩌나. 불러도 대답이 없는 그날이 오면 나는 어쩌나.

그날이 오면 어쩌나.

폭탄주

한 해가 저물어 가는 오늘은 낮부터 겨울비가 내린다. 이런 날이면 마음이 우울해서 그래서 나는 친구와 이른 저녁부터 술을 마셨다. 윈저17년 산에 맥주를 곁들인 폭탄주를… 이것이 탈이다. 시작하면 끝을 보는 폭주가. 아마도 내일은 방에 엎드려서 오늘을 후회하며 하루를 보내게 되겠지.

주거니 받거니 취기가 올랐다. 이런 저런 말 중에 마음에 와 닿는 친구의 한마디가 맴돈다.

"미련을 버리면 희망이 보인다."

그냥 흘러 보낼 수도 있는 평범한 말이지만 쉽게 나를 떠나지 않는다. 그랬다. 나는 언젠가부터 스쳐 가는 말 한마디 한마디도 그냥 쉽게 흘려보내지 않는 그런 습관이 생겨났다.

노래를 불렀다. 옛날. 가수의 꿈을 안고 강원도 골짜기에서 무작정 상경하던 그 날을 추억하면서. 왜 그렇게도 노래가 좋은지. 나는 친구에게 이렇게 말을 했다.

"나는 노래를 부르다가 죽고 싶어."

그랬다. 음악은 나의 천국이었던 것이다. 나는 지금까지 내 곁에 늘 음악이 있었기에 이렇게 살아왔는지도 모른다. 정말 그랬는지도 모른다.

하나뿐인 나.
한번 뿐인 나의 인생.
나는 나를,
죽도록 사랑하리….

겨울 이야기

지금 밖은 겨울의 바람이 불어오는데… 나는 꽃무늬 커튼이 가려진 창문을 보며 틈새로 스며드는 햇살을 받으며 이렇게 편지를 쓰고 있다. 많이도 정들었지만 이제는 여기를 떠나야 한다니…

어떤 것일까. 그렇게도 알고 싶던 우리의 마지막은 어떤 것일까. 차츰 내 앞에 다가오는 현실을 바라보지만 지금도 나는 여전히 과거 속에 머무르고 있구나.

몇 날을 고민해도 나는 정답을 찾을 수가 없었다. 물안개가 피어나는 그 강을 보며 새벽을 달렸다. 수없이 많은 날을 낯선 지붕 밑에서 서성거리며 그렇게 나는 원점으로 돌아가려고 애써도 보았다.

어떻게 하니. 지금도 너의 두 눈에는 눈물이 고여 있고, 나의 이 아픈 가슴앓이는 끝나지 않은 채 앙상한 겨울나무 사이로 또 한 해가 서럽게도 가고 있으니.

"행복해야 해. 네가 선택한 길이니까."

나는 이렇게 무책임한 말로 너를 보낼 수밖에는 없구나. 그래, 그 많은 단어 중에 지금 나에게 떠오르는 것은 그 말 밖에는 없구나.

하얗게 눈이 내리는 이 겨울의 아침에 내 사랑은 떠나간다. 나는 차마 볼 수가 없을 거야. 아마 그럴 거야. 나의 영혼을 적시는 마지막 너의 눈물을 나는 차마 볼 수가 없을 거야.

저 멀리 불빛도 화려하던 그 밤이 정녕 우리의 마지막이었구나. 잡을 수 없는 시간을 허공에 두고 새벽이 가는 소리를 들으며 아침이 밝아오는 창문을 보던…

그래, 이 한가슴 너와의 이별만으로도 넘치는데 겨울의 매서운 바람마저 이렇게 나를 파고드는구나. 이제 다시는 오지 못할 마지막을 서럽게도 뒤돌아보며 나는 그동안 정들었던 여기를 나선다.

겨울은 싫다. 추억이 남아있어 싫다. 파도가 부서지던 바닷가 눈 덮인 고갯길. 어두운 낯선 거리를 방황하던 그 밤이 주마등처럼 떠올라서 싫다. 겨울은 싫다. 너와의 흔적들이 눈 위에 새겨져서 싫다. 언제였니? 눈보라가 몰아치던 대관령의 그 밤이.

마지막. 그 절망의 세 글자 앞에 나는 이렇게 서있다. 겨울바람에 심하게 흔들리는 갈대의 슬픈 연가를 들으며 이제는 더 이상 갈 곳도 없는 세상의 끝에서…

벌써 며칠 째인가. 연일 계속되는 추위에 나는 마음마저 얼어버렸다. 거리를 나서면 앙상한 가로수는 애처로이 떨고 있고, 먼 산 듬성듬성 하얗게 남아있는 차가운 눈은 시리도록 나에게 다가오고 있다. 이렇게 겨울은 사랑했던 날들마저 얼음이 되어 나의 가슴을 파고든다.

즐거웠던 추억도 이 겨울의 새벽바람처럼 나를 차갑게 스치고 지나간다. 어쩌란 말인가. 나는 지금 벌판에서 떨고 있는데. 너 없는 여기, 너 떠나가는 여기서 매서운 바람보다도 더 혹독한 이별을 앞에 놓고 이렇게 꽁꽁 얼어붙고 있는데.

바보. 난 정말 바보였다. 그 많은 시간을 의미 없이 허공에 던져버린 나는 바보였다. 꽃이 피고 지기를 몇 해인가. 그 숱한 세월을 용기 없이 흘려보내고 이렇게 너의 마지막을 바라보는 나는 바보였다.

돌아보지 말아야지. 울지도 말아야해. 나는 지금 잊혀지지 않는 지나간 날을 기억에서 떨쳐버리려고 몸부림 치고 있다. 그래야지. 그래야 해. 내가 이 바람 부는 세상에서 살아갈 수 있는 길은 그것뿐이야.

눈물이 난다. 울면 안 되는데. 떠나가는 당신은 뒷모습도 아름다울 테지. 그럴 테지. 나는 차마 고개를 들 수가 없을 거야. 눈물도 보일 수가 없을 거야. 아마 그럴 거야.

밤마다 고민을 한다. 예정된 죽음을 기다리는 사람처럼. 다가오는 세상의 종말을 두려워하는 사람처럼. 시계소리는 쿵쾅거리며 빨리도 지나간다. 오늘도 벌써 하루가 시작됐다. 얼마나 남았을까. 가슴이 뛴다. 숨이 막혀온다. 이제는 기억마저 희미해져 온다.

웃어야 했다. 찢어지는 가슴을 움켜쥐고 사랑했던 기억은 허공에 흩날리며 나는 웃어야했다. 고개를 돌리고 설움을 삼키며 나는 웃어야했다. 떠오르는 너와의 하루들을 이제는 상처 진 가슴에 묻으며 나는 그렇게 웃어야만했다.

눈을 뜨면 지나간 추억이 다시 내 앞에 펼쳐진다. 잠이 들면 아련하던 영상이 또렷이 나를 끌어안는다. 어쩌란 말인가. 하늘도 무너지고 현실도 무너지고 마지막 남은 나의 가슴 한조각마저도 무너져버렸다.

사랑의 종말. 아프다. 너무 아프다. 이것이 끝은 아니었구나. 내 사랑의 마지막은 아직도 멀리에 있구나. 어떡하니. 이제야 내 영혼의 슬픈 사랑은 시작되고 있으니.

눈이 내린다. 너 없는 여기, 너 떠나간 여기는 지금 펄펄 눈이 내린다. 까맣게 숯덩이처럼 타버린 나의 가슴 위로 하얗게 눈이 내린다.

그럴 줄 알았는데. 행복해하는 너를 보며 잘 살아갈 줄 알았는데. 너를 보내고 돌아서는 나의 가슴은 이 겨울의 검은 파도처럼 심하게 출렁거리고 있었다.

나는 후회하고 있다. 너를 만난 것을 후회하고 너를 보낸 것을 후회하고 용기가 없었던 나를 너무 후회하고 있다.

오늘은 또 어떻게 이 긴 하루를 보내나. 거리를 나서도 술을 마셔도 보이는 모두가 너와의 흔적뿐이다. 잊혀져갔던 날들이… 흩어져 갔던 그날들이 또다시 어제처럼 떠오른다.

지금 당신은 어디선가 행복할 테지. 나는 어디로 갈까. 어디에서 너와의 지난 날을 추억할까. 오늘이 가고 있다. 나는 지금 어디에 있는 것일까. 세상의 모든 아픔을 가슴에 안고 이 시대의 마지막 슬픈 사랑을 마음에 담고 나는 오늘도 쓸쓸한 저 겨울 속으로 걸어가고 있다.

잊혀져간 시간들

나의 사랑은 한 시대의 어두운 추억을 남기고 세상 속으로 사라져갔다. 얼마나 많은 시간이 내 앞에서 멀어져갔나. 머리속이 아련하다. 기억마저 희미해져온다. 연일 반복되는 무료한 생활 속에 나는 이미 지쳐버렸다.

골짜기 녹색의 푸른 물결이 밀려오던 나의 희망찬 여름도 아스라이 멀어져갔다. 퇴색한 나뭇잎의 대롱거리는 가지를 보며 애처롭게 매달리던 나의 슬픈 계절도 이제는 가버렸다. 멈추지 않는 세상의 모두는 오늘도 그렇게 쉬지 않고 지나가고 있다.

이제 다시는 돌아올 수 없는 시간이 세상의 끝으로 멀어져간다. 붙잡을 수 없는 안타까운 오늘도 나를 여기에 남겨둔 채로 떠나가고 있다. 아직 해야 할 일들이 남아있는 나에게 가버린 추억이 매달리고 있다. 잊혀져간 시간들이 그립도록 나의 기억을 흔들고 있다. 어쩌란 말인가. 나도 이렇게 과거를 부둥켜 안고 힘겨워하고 있는데…

오늘도 그 하늘아래 그 자리에 내가 있다. 유달리도 긴 손가락으로 슬픈 음악을 연주해본다. 불빛이 흔들리는 탁자 위에는 작은 술병이 하나 둘 비워지고 있다. 몇 날을 매달렸던 원고를 마무리하고 나니 이렇게 긴장이 풀려온다.

보고 싶다. 파도가 밀려와서 부서지고 갈매기가 나르는 그 바다가 보고 싶다. 낯설은 사람들이 서성거리는 거기, 그 겨울바다에 내가 있고 싶다.

그날. 어둠이 쌓이고 눈이 쌓인 고속도로를 달렸었지. 마지막 터널을 지나니 세상은 온통 눈으로 하얗게 덮여있었지. 저 아래 불빛 찬란한 해변도시를 바라보며 굽이굽이 고개를 돌아 한참을 내려갔었지. 어둠에 묻힌 겨울의 바다에 검은 파도가 밀려와서 하얗게 부서지고 있었지. 그랬었지.

"우리 분위기 있는데 가서 한 잔 할래?"

"그래."

그녀도 나하고 생각이 같았었나보다. 우리는 가는 한 해의 마지막 밤을 밝혀주는 불빛을 찾아서 창가에 자리를 잡았다.

담배연기 자욱한 까페에는 젊은 연인들이 술을 마시고 있다. 우리도 버드와이저 다섯 병 그리고 과일 한 접시를 시켜놓고 마주앉았다. 멀리 희미한 불빛을 바라보며 낯선 곳에서 또 한 해를 이렇게 보내고 있다.

"해가 뜨는 것을 볼 수 있는 바다 쪽으로 주세요."

"12만 원이에요."

얼굴도 안 보이는 창구 안쪽에서 중년쯤의 여자가 퉁명스러운 목소리로 대답한다. 우리 앞의 다른 사람과 요금문제로 심하게 다툼이 있는 듯 옆에서 젊은 남자의 목소리 톤이 올라간다.

"아니, 여기가 호텔이야!"

그랬다. 엄청 비싸다고 생각했지만 12월 31일. 때가 때인 만큼 선택의 여지가 없었다. 바다가 보이지 않는 뒤쪽은 8만 원이고 바다가 잘 보이는 앞쪽은 12만 원이란다. 우리는 바다가 보이는 5층에 올라와 커튼을 걷었다. 이 바가지요금을 지불하고도 새해 첫날의 일출을 못 본다면 너무 억울하기 때문이다. 자정이 되었다. 조명을 끄고 케익크에 촛불을 밝혔다.

우리는 지금 무슨 꿈을 꾸고 있는 것일까. 무엇을 찾아 헤매고 있는 것일까. 이 겨울의 차가운 바람 앞에 파도가 밀려와서 깨어지는 물거품을 바라보며 그렇게 서있다. 아물지 않을 상처를 남기며 우리의 가슴은 점점 병들어 가고 있는 것이다.

멀리 배 떠나가고 갈매기도 슬피 울며 날고 있다. 파도가 밀려와서 하얀 물거품을 남기고 사라져간다. 그녀는 외로운 발자국을 모래 위에 남기며 걷고 있다. 긴 머리가 바람에 날린다. 저 바다의 지평선을 바라보는 그녀의 눈에도 눈물이 흐른다.

나의 바다여! 겨울바다여! 파도가 깨어지는 슬픈 바다여! 지평선 멀리에 배 떠나가고 갈매기 울어주는 슬픈 바다여!

영혼이여!

　언제 우리가 만났던가. 이제는 기억조차도 할 수 없을 만큼 많은 세월이 내 앞에서 멀어져갔다. 돌아보면 그립고 붙잡을 수 없었던 안타까운 시간들이 나를 외면한 채 이렇게 멀리멀리 떠나가 버렸다.

　아직도 못다 한 너와의 마지막이 남아있는데, 아직도 못다 한 세상에서의 슬픈 이야기가 애처롭게도 나를 부르고 있는데 이제 나는 너를 보내야한다. 강물처럼 흘러간 날들과, 바람처럼 스치고 지나간 못 잊을 흔적을 숱하게도 여기 이렇게 남겨둔 채 이제 나는 너를 보내야만 한다.

　서러움에 울고 기쁨에 웃으며 행복했던 그날도 이제는 잊어야한다. 쉬지 않고 은하를 달리던 우리의 기차도, 나의 가슴에 강물이 되어 넘쳐흐르던 너의 두 눈에 눈물도 이제는 그만 멈추어야한다. 가슴도 마음도 영혼마저도 떠나버린 육신뿐이지만, 텅 빈 껍질만일지라도 어느 한 구석에 남겨두려고 나는 무던히도 노력해야한다.

　그랬다. 나의 청춘 한 시절을 후회 없이 불태웠다. 가슴이 터지도록 사랑을 했다. 그렇기에 나는 지금 돌아올 가슴앓이에 대한 모진 마음의 채비를 해야만 하는 것이다. 보이지 않는 미래가 어떻게 우리 앞에 다가올지는 나도 아직 모르지만, 나의 환상에서 멈추어버린 한 사람을 가슴에 묻고 영원히 함께 하려고 한다.

　영혼이여! 나를 지배하는 영혼이여! 지금도 나를 울리는 슬픈 영혼이여! 오늘도 하늘은 높고 여전히 세상에는 바람이 분다. 나는 지금 이 세상에 존재하고 있는 것이다.

비가 내리고 바람소리가 들리는 여기서 살아가야할 날들이 아직 남아있는 우리는, 인간이지만 이제 입만은 동물이 되어 살아가야한다. 어떤 환경 속에서도 절대 포기하지 않으며 생명은 불꽃처럼 그렇게 살아가야한다. 너와 나. 어느 한쪽이 무너지면 함께 침몰하는 슬픈 운명이니 우리는 끝까지 존재하며 남아야만 한다.

영혼이여!
나를 지배하는 영혼이여!
지금도 나를 울리는 슬픈 영혼이여!

마지막 편지

그대여! 행복하세요. 그대는 지금도 나의 사람처럼 내 곁에 있습니다. 언제 어느 곳에 있을지라도 그대여! 정말 행복하세요. 슬펐던 우리의 흩어진 이야기는 이제 가슴에 묻어요. 그리고 잊지도 말아요.

이제 나에게 남아있는 시간이 가버린 시간보다도 많지 않다는 것을 알고 있습니다. 슬픈 영화처럼, 새가 물고기를 사랑한다고 물속에서 함께 살 수 없다는 것도 나는 알고 있습니다.

편지를 쓰겠습니다. 나를 알게 되어서 많은 고통과 시련에 봉착했던 그대에게 나는 오늘 편지를 쓰겠습니다.

나에게도 참으로 어려운 날들이었습니다. 그 많은 시간을 언제나 위태하게 지탱해야 했습니다. 그렇게 힘들게도 살아가는 나의 삶에 기쁨을 주었던 그대에게 나는 이렇게 상처를 남겼습니다.

정말 미안합니다. 차마 용서를 구할 수가 없습니다. 언제인가 그런 날이 오기를 기다려보겠습니다. 나의 이 미안한 마음을 전할 수 있는 그런 희망의 날이 오기를 기다려보겠습니다.

세월은 누구도 기다려주지를 않지만. 세월은 너무도 빠르게 지나가버리지만. 어쩌면 지금도 너무 늦었을지도 모르지만. 그렇지만. 나는 꼭 돌아올 그날을 기다리겠습니다.

나의 마음도 편하지가 않았습니다. 그대만은 못할지라도 너무 많이 편하지가 않았습니다. 이 아름다운 세상에서 나는 꽃처럼 웃을 수도 없었습니다.

누가 말을 했던가. 세상의 제일은 사랑이라고. 나는 알았습니다. 세상의 제일은, 세상에서의 제일은 사랑이 아니라는 것을 나는 알았습니다.

열심히 살아가겠습니다. 그대가 나를 보았던 처음 그날처럼 그렇게 살아가겠습니다.

참회하며 살겠습니다. 속죄하는 마음으로 살아가겠습니다. 내가 그대에게 주었던 아픈 기억들을 잊지도 말고 살아가겠습니다. 무슨 까닭이 인연이 되었는지는 나도 모르겠습니다.

운명처럼 만났습니다. 빗물처럼 만났습니다. 그렇게 나를 알게 되어서 참으로 힘겨웠던 그대에게 용서의 말을 전합니다.

내가 여기 그대에게 남기려는 이 마지막 편지는 눈물이 넘쳐 더는 쓸 수가 없습니다. 목이 메어 정녕 쓸 수가 없습니다.

그대여! 행복하세요. 나도 잊지 않겠습니다. 그대의 눈물을… 안녕. 그대여! 이제는 안녕.

글을 마치며

겨울이 가고 있습니다. 마지막 겨울이 가고 있습니다. 그 많은 시간들을 허공에 흩날리며 나를 수없이 혼절하게 했던 아픈 기억을 안고 나의 이 마지막 겨울이 가고 있습니다.

흐린 하늘에서 하얗게 내리는 눈꽃을 보며 낯설은 고갯길을 오르던 우리의 겨울은 이제 오지 않을 것입니다. 눈 덮인 거리마다에 눈 쌓인 언덕마다에 남겨놓은 우리의 애처로운 흔적들도 이제 다시는 볼 수가 없을 것입니다.

그랬습니다. 나는 바람 부는 세상에 태어나서 비가 내리면 빗소리를 들었습니다. 낙엽이 지면 눈물이 날 것만 같았습니다. 이렇게 아름다운 여기에 머물 수 있다는 것이 나에게는 참으로 행복이라고 여겼습니다.

나는 어느 날부터 사랑을 알고 이별을 배우며 살아갑니다. 그리고, 혹독한 가슴앓이를 하면서 살아갑니다. 하지만 내가 죽어 또다시 세상에 태어난다면 그래도 나는 다시 사랑을 하겠습니다.

이제 다시는 사랑하지 말자. 절망의 끝에서 그렇게 수 없이 맹서를 했지만 그래도 나는 다시 사랑을 하겠습니다.

글을 쓰며 편집을 하며 많이도 고민해야만 했습니다. 이 글로 인하여 상처받을 사람을 생각하니 두렵기도 했습니다.

그렇지만 세상의 많은 사람들이 나처럼 슬픈 사랑을 하고 아픈 이별을 하며 살아간다는 것을 알았습니다. 그들도 나처럼 절망과 희망을 동반한 채, 얼굴은 웃고 가슴은 울며 마음은 겨울나무의 가지처럼 그렇게 살아간다는 것도 알았습니다.

용기를 냈습니다. 그들이 하지 못한 슬픈 이야기를 나는 이렇게 세상에 펼쳤습니다. 내 삶의 언저리에 머물고 있는 아픈 기억들, 이것이 나의 모두는 아닐지라도 작은 한 부분을 떨리는 마음으로 여기에 남겼습니다.

이제 다시는 사랑하지 말자. 그렇게 지키지 못할 맹서를 수없이 반복하며, 길었던 여름날 도시와 골짜기를 오고가면서 슬픈 나의 영혼을 위로했습니다.

고맙습니다. 긴 시간을 저와 함께 하여주셔서 정말 고맙습니다. 독자님의 가정에도 언제나 사랑과 평화가 가득하길 바라겠습니다.

2005년 12월 31일. 인천에서 저자 윤 종 관.

chapter 03

미완의 꿈

『사랑의 기로에서서 슬픔을 갖지 말아요. 어차피 헤어져야 할 거면 미련을 두지 말아요.
이별의 기로에 서서 미움을 갖지 말아요. 뒤돌아 아쉬움을 남기면 마음만 괴로우니까…』
멍에. 이 노래를 마지막으로 그녀는 떠났다. 희미한 사진만을 나에게 남겨두고…
우리는 그렇게 다시 남이 되어서 모르는 사람으로 잊어지는 이름이 되어버렸다.

-본문 중에서.-

나의 노래는 아직 끝나지 않았다

산골소년은 서울 하늘을 바라보며 꿈을 꾸었습니다. 낮에도 밤에도 적막이 흐르는 골짜기의 탈출을 꿈꾸었습니다. 어서 빨리 청년이 되기를 꿈꾸었습니다. 노래가 들려오는 세상으로 떠나기를 꿈꾸었습니다.

덜컹거리는 버스를 타고 높은 고갯길을 넘었습니다. 처음 보는 서울의 거리는 눈이 부셨습니다. 중국음식점에서 허기를 달래던 짬뽕이라는 요리는 세상에서 가장 맛있었습니다.

나의 첫 직장이 된 영등포의 가발공장은 나를 일에 지치고 졸음에 시달리게 했습니다. 하지만 나는 골짜기로 다시 돌아갈 수가 없습니다. 첫 월급을 타서 기타를 샀기 때문입니다.

종로. 나는 다시 몇 곳의 작곡가 사무실을 찾아갔습니다. 그리고 나의 꿈은 현실에서 너무 멀리에 있다는 것을 알았습니다. 그렇지만 나의 노래는 아직 끝나지 않았습니다. 가슴을 울리며 영혼을 울리며 나는 오늘도 노래를 부르고 있습니다.

2013년 12월 15일. 학교 송년모임에서

경동산업Co 야유회

나는 1년 동안 몸담았던 서울 영등포의 가발공장생활을 정리했다. 그리고 인천 고모님이 살고 있는 곳으로 가기 위하여 영등포에서 시외버스를 탔다. 그렇게 되어 우선 급한 대로 고모님 집에서 생활하며 일할 곳을 찾았다.

경동산업. 지금도 키친아트, 주방 양식기 제조업체로 잘 알려져 있지만 그 당시에는 외국 수출기업으로 근로자를 사이에서는 선호하는 회사였다. 나는 거기 기계실에 입사 했다.

여기도 일은 만만치가 않았다. 1주일씩 주간과 야간을 2교대로 하는데, 1주일에 두 번 정도는 꼬박 밤을 새고 이어서 낮에도 일을 하는 철야작업을 해야만 했다. 그만큼 일이 많은 바쁜 회사였다. 그렇게 빠지지 않고 출근을 하면 그때의 월급 약 4만 원. 나에게는 적지 않은 돈이었다.

첫 월급을 탔다. 고모님에게 생활비로 얼마를 드리고 나는 동인천에 있는 기타학원에 등록을 했다. 그동안은 혼자 연습을 했는데 한계에 부딪혔다. 내가 부르는 노래반주는 내가 능숙하게 연주를 할 수 있어야 하기 때문이다. 1주일에 5일을 하루 2시간씩 참 열심히도 다녔다.

어느 해 봄날이었다. 인천 송도에서 있었던 회사 야유회에서 동료의 기타반주에 나는 기계실 대표로 열창을 했다. 상품으로 들통을 받았다. 그렇게 2년의 세월이 경동산업에서 지나갔다. 나에게는 다시 여기를 떠나야 한다는 불안감이 엄습해왔다.

기계실에서 내가 하는 일이 프레스작업이었다. 그런데 일주일마다 돌아오는 야근과 철야작업에 졸음을 참지 못하고 가끔씩 안전사고가 일어나고 있었다. 아직까지는 잘 했지만 손가락은 나의 생명과도 같은 것이다. 잘못하여 손가락을 잘리면 정말 큰일이기 때문이다.

회사 야유회에서.

야간 업소

추웠던 겨울이 가고 꽃이 피던 화사한 봄. 나는 몇 날을 고민했다. 그리고 그동안 다니던 회사를 그만두었다. 나보다는 두 살 위인 고향 선배 형과 셋방을 얻어서 고모님 집에서도 나왔다. 은행에 들러서 현금을 인출하여 악기점에 가서 앰프기타와 시스템을 구입했다. 지금 생각해보니 참 용기가 대단했다.

몇 개월을 기타만 끌어안고 있었다. 식사는 라면으로 때우고 밥이 먹고 싶으면 가까이에 있는 고모님 집으로 갔다. 계절은 가을이었다. 반가운 소식이 나의 가슴을 설레게 했다. 내가 아는 아줌마가 싸롱을 개업한다는 연락이 온 것이다.

음악학원에서 만난 친구들과 악기를 그 곳으로 옮겨 놓았다. 드러머 혜원이. 베이스 경수. 그리고 기타 창호와 나. 이렇게 우리는 4인조가 되어 연주를 시작했다. 나는 여기서 기타를 연주하며 그렇게 부르고 싶었던 노래를 불렀다. 새로 신장개업을 한 집이라서 손님이 많았다.

약 2주일 정도가 지나갔다. 그러던 어느 날 영업이 끝나고 주인 아줌마가 나를 보자고 하는 것이 아닌가. 가슴이 덜컹했다. 첫날부터 우리는 무언의 감지를 받았기에 무슨 말을 하려고 하는지 알고 있었다.

"미스터 윤! 모르는 사람도 아니고 웬만하면 오랫동안 같이 하려고 했는데 손님들이 말이 많네."

나의 첫 무대는 이렇게 막을 내려야 했다. 그래도 다행히 나를 잘 보아준 주인아줌마 사장님은 나를 카운터 직원으로 채용해주었다. 그래서 틈틈이 새로 들어온 기타리스트에게 지도를 받으며, 손님이 없는 초저녁에는 무대에 서서 한 스테이지 연주를 하고 노래를 부를 수 있는 행운도 주어졌다.

다시 무대로…

밤안개 싸롱. 나는 여기서 카운터를 보며 기타연습을 하며 그렇게 다시 6개월 정도의 날을 보냈다. 그러던 어느 날 밴드마스터가 나에게 일자리를 소개해 주었다. 5인조가 연주하는 제물포의 클럽이었다.

이렇게 하여 강원도에서 가수의 꿈을 안고 상경한 나는 노선이 다른 연주자의 길로 들어서게 되었다. 3류 밴드. 그 길도 평탄하지 않았다. 한 업소에서 길어야 3개월 또는 6개월이었다. 때로는 먼 지방으로도 갔다. 강원도 경포대, 묵호, 그리고 충청남도 태안까지도 갔었다.

밤무대 생활. 애로점도 많았지만 즐거운 일도 많았다. 술과 친구들이 늘 가까이에 있어서 좋았다. 하지만 어느 날 동료가 카드놀이를 하여 악기를 팔아먹는 그런 기막힌 사건도 있었다. 그것을 현장에서 목격한 나는 지금까지 당구와 카드놀이는 할 줄을 모른다.

또다시 그렇게 많은 날들이 내 앞에서 지나갔다. 나는 다시 불안해지기 시작했다. 나의 길이 보이지 않기 때문이었다. 낮과 밤이 바뀌어서 매일 반복되는 생활에 지쳐있었다. 라면도 더는 먹기가 싫었다. 사먹는 밥도 맛이 없었다. 무엇인가 새로운 활력소가 필요했다. 아니, 안정된 나의 가정이 필요하다는 것을 느끼고 있었다.

그녀는 떠났다

몇 년을 인천에서 그렇게 맴돌며 연주생활을 하던 중에 지방에서 러브콜이 왔다. 나는 다시 5인조 밴드를 구성하여 바다가 있는 동해로 갔다. 갈매기가 날고 파도가 출렁거리는 지평선을 바라보니 답답하던 가슴이 물거품처럼 하얗게 부서졌다.

어떻게 만났는지 기억이 아련하다. 비가 몹시 내리던 여름밤 나는 그녀와 우산도 없이 바닷가에 서있었다. 그리고 다시 계절은 어느덧 나뭇잎이 노랗게 빨갛게 물드는 가을로 들어서고 있었다.

설악산 계곡에서 나의 기타반주에 그녀가 노래를 불렀다.

『사랑의 기로에서서 슬픔을 갖지 말아요. 어차피 헤어져야 할 거면 미련을 두지 말아요. 이별의 기로에 서서 미움을 갖지 말아요. 뒤돌아 아쉬움을 남기면 마음만 괴로우니까…』

멍에. 노래를 참 잘 불렀다. 이 노래를 마지막으로 그녀는 내 곁을 떠났다. 희미한 사진만을 나에게 남겨두고… 참 좋아했었는데… 그랬었는데… 우리는 그렇게 다시 남이 되어서 모르는 사람으로 잊혀지는 이름이 되어버렸다.

돌아가야지. 나는 여기가 싫어졌다.

강릉에서의 생활을 정리하고 1년 만에 인천으로 돌아왔다. 그리고 나는 다시 심각한 고민에 빠졌다. 연주생활을 계속 할 것인가 말 것인가에… .

전자오르간 연주

지방생활을 청산하고 돌아왔지만 여전히 마음이 심란했다. 며칠의 고민 끝에 나는 스텐드바 전자오르간 독주를 결심했다. 어차피 보컬그룹사운드로 방송을 타지 못할 바에는 돈이라도 벌자는 생각이었다.

전자오르간. 이 악기는 내가 가끔씩 연주를 해보았기에 별로 어려움은 없었다. 그렇게 해서 나는 스텐드바 손님의 노래 반주를 하며 생활을 하는 본격적인 직업연주자로 나섰다.

여기도 힘들고 경쟁이 심하지만 수입은 좋았다. 노래 한 곡에 2,000원. 나는 보증금 삼백만 원을 주고 한 업소에 들어갔다. 저녁 6시에 출근해서 새벽 2시 퇴근 시간까지 쉴 시간이 없을 정도로 바빴다.

이렇게 인천에서 다시 몇 년의 세월이 지나갔다. 그러던 어느 날, 사람이 아닌 기계가 노래 반주를 하는 노래방이 하나씩 생겨나기 시작했다. 그 사건으로 인하여 많은 연주인들이 일자리를 잃어버리는 밴드 실업 사태가 일어났다.

청혼

　유흥업소. 나의 직장이 되어버린 여기는 그 당시에 경기가 호황이었다. 덕분에 생활에는 어려움이 없었다. 그리고 나도 소비가 심했다.

　큰일이다. 낮과 밤이 바뀌어서 규칙적인 생활을 할 수가 없다. 하루 세 끼 식사를 언제 했는지도 모르겠다. 그래도 다행히, 연주를 하며 내가 좋아하는 노래를 부를 수 있기에 위안을 삼지만 이렇게 생활을 하다가는 폐인이 될 것만 같았다.

　그러던 어느 해 겨울이었다.

　"종관아! 너 내 조카 소개시켜줄게 한번 만나 볼래?"

　"몇 살인데요?"

　"스물 두 살 이야."

　"무슨 일을 하는데요?"

　"이건산업 검사 반에서 일해."

　나는 이렇게 음악생활을 하다가 알게 된 선배의 소개로 지금의 아내를 만났다. 만나보니 날씬하고 순수하고 마음에 들었다.

　"그래, 이참에 나도 가정을 갖자. 엄청난 미인이 아니면 어때 살림 잘하면 되지."

　나는 혼자서 결심을 했다. 그리고 어찌어찌하여 약속을 잡고 대관령을 넘어가는 고속버스에 동승하는데 성공했다. 한 낮이 지나가는 시간이 되어서야 갈매기가 나르고 푸른 파도가 밀려오는 경포대 바닷가에 도착했다.

내 나이 스물여섯. 이제 더는 방황하지 말아야지. 이것이 나의 운명이거니 받아들여야지. 나는 나에게 약속을 했다. 그리고 바람이 부는 겨울바다를 배경으로 이 여자와 한 장의 사진을 남겼다.

"행복하게 해줄게 나하고 살자."

지금 생각해보니 참 멋없는 청혼이었다.

"행복하게 해줄게 나하고 살자."

1989년 11월 05일.
나의 분신 재영이가
4.1Kg의 우량아로 태어났다.

동거를 시작했다

우리는 경포대 바닷가에서 겨울 바다를 바라보며 늦은 점심 식사를 했다. 그리고 시내로 들어왔다. 분위기 있는 술집에서 맥주도 한잔 했다. 이제는 마지막 코스만을 남겨두고 있다.

불빛이 반짝거리는 강릉고속버스터미널 옆 모텔 3층. 방이 참 따스했던 기억이 난다. 이 밤의 사건으로 나는 이 여인을 평생 책임져야 하는 부부라는 인연을 맺었다.

2층 나의 자취방. 작은 방에 기타 하나 그리고 라면을 끓여먹을 수 있는 간단한 도구와 옷 몇 벌이 전부였다. 인천에 돌아와서도 이 여인은 토요일이면 여기를 방문해 빨래며 식사며 챙겨주곤 했다. 그렇게 되어 필요한 살림살이가 하나씩 늘어났다.

언제부터인가 기억이 아련하다. 우리는 한 이불속에서 잠을 자는 그런 동거생활을 하고 있었다. 그녀는 아침에 출근을 했고 나는 저녁에 출근을 했다. 그러다가 어느 날 이 여인 김수정은 배가 불러왔다.

1989년 11월 05일. 우리의 결혼식에 네 살 된 나의 아들 재영이가 하객으로 참석했다. 기쁜 것인지 슬픈 것인지 나도 잘 모른 채 강원도 홍천에서 많은 사람들의 축복 속에 우리는 그렇게 결혼식을 마쳤다. 나의 노래에 대한 열정을 잠시 뒤로한 채로⋯ .

골든벨[1]

나는 결혼식을 올리고 인천에서 예전과 다름없이 그냥 그렇게 생활하며 살아가고 있었다. 그리고 어느 날 나를 닮은 두 번째 아들 주영이가 태어났다. 이제는 가장이라는 또 하나의 짐이 나의 어깨를 더 무겁게 하고 있었다.

그랬다. 노래에 대한 나의 꿈은 이렇게 차츰 멀어져가고 있었다. 이제는 이 험한 세상 나의 가족과 살아가기 위해서는 돈을 벌어야 했다. 클럽 6층, 상류사회를 마지막으로 나는 수없이 전전하던 타인의 업소생활을 여기서 마감했다.

강원도 홍천에 있는 아파트를 농협에 담보로 제공하고 2,000만 원을 대출받았다. 통장에 남아있는 현금도 모두 인출했다. 이렇게 해서 인천 동암역 근방에 30평 정도의 작은 주점을 개업했다.

노래하는 골든벨. 어쩌면 나의 꿈이 멀어진 것이 아니고 한걸음 더 가까이에 왔는지도 모르겠다. 내가 좋아하는 연주를 하며 내가 갈망하는 노래를 부르며 나는 그렇게 작은 업소의 주인이 되어서 영업을 시작했다.

밤 10시만 되면 나의 업소 노래하는 골든벨은 빈자리가 없을 정도로 영업이 잘 되었다. 하지만 고민이 생겼다. 내 가게이고 보니 내가 술을 안 마실 수가 없었다. 친구가 와주고… 단골손님이 생겨나고… 그래서 나는 내 인생의 중대한 결심을 하게 되었다.

이렇게 술에 취하지 말고 낮에는 공부를 해야지.

이때 내 나이 34세.

그래, 아직도 늦지 않았어. 나는 스스로를 위로하며 검정고시 학원의 문을 망설이지 않고 두드렸다. 막내 동생은 대학원까지 졸업을 했지만 장남인 나는 그렇지 못함에 늘 마음 한 구석이 허전했었다.

주경야독

힘들어도 즐겁다. 가게 영업이 잘되어서 다행이고 학원에서 맑은 영혼을 갖은 공부하는 친구들을 만나니 참 좋았다. 나는 이렇게 다시 또 다른 세상에 눈을 뜨기 시작했다.

오후 6시부터 가게영업을 시작했다. 싫다고 하는 아내를 간신히 설득하여 카운터 겸 주방장으로 채용했다. 여종업원 3명과 마담 1명을 고정 직원으로 두었다. 나는 청소와 음악을 담당했다.

새벽 4시에 영업을 마치고 집에 돌아갔다. 낮 12시에 일어나서 정신이 번쩍 들도록 샤워를 하고 아침 겸 점심식사를 했다. 그리고 나는 승용차 트렁크에서 책가방을 꺼내들고 학원으로 갔다. 거기서 나는 하루 4시간 5시간을 열심히도 공부를 했다. 아련한 기억을 떠올리며…

그래, 노래도 지식이 있어야 잘 부를 수 있는 거야. 나는 이렇게 때늦은 나의 학업을 말도 안 되는 말로 위로하고 있었다. 주경야독 아니, 야경주독의 날들이 그렇게 시작되고 있었다.

晝耕夜讀.

다시 캠퍼스로

　사랑하는 나의 가족과 살아가기 위하여 밤에는 가게에서 부지런 하게 영업을 했다. 낮에는 학원에서 공부를 했다. 가난한 농부의 아 들로 태어난 것을 분풀이라도 하듯이 참 열심히도 공부를 했다.

　그랬다. 그렇게 또다시 내 앞에서 얼마의 세월이 지나가 버렸다. 꽃이 피고 새가 울고 창밖에 비가 내리고 계절이 바뀌는 것을 보 며…

　이렇게 시작한 공부를 하나 마치고 나니 긴장했던 마음이 풀렸 다. 밤이면 가게에서 노래를 부르고 연주를 하고 그리고 술 마시는 횟수도 차츰 더 많아졌다.

　나의 길. 내가 꿈꾸는 세상은 정녕 이것이 아닌데… 나는 다시 방 황하고 있었다. 겨울바람에 흔들리는 앙상한 가지처럼 나의 가슴은 심하게 흔들리고 있었다.

　이른 봄날이었다. 검정고시 학원에서 같이 공부하던 여자 동창생 이 1년 만에 나에게 전화를 했다.

　"윤종관씨! 잘 지내지요?"

　"소금선씨! 진짜 오랜만이네요."

　그 친구의 권유로 나는 다시 대학교 공부를 시작했다. 덕분에 나 는 몇 년의 세월을 엄청 바쁘고 즐겁게도 보냈다. 그 친구는 나를 캠퍼스로 인도해 준 정말 잊을 수 없는 참 좋은 친구였다.

　하지만 나의 가슴은 언제나 못 다한 노래로 허기져 있었다.

골든벨[2]

　세월은 물같이 흐른다고 하더니만 정말 빠르게도 지나갔다. 늦게 시작한 대학교 공부도 어느새 졸업을 앞에 두고 있으니… 가게 골든벨[1]은 대학교 공부를 시작하면서 정리했다. 골든벨[2]는 지금도 여전히 영업 중이다.

　나는 대학교 재학 중에 詩집『나 다시는 당신을 그리 슬피 보내지 않으렵니다』1집과『내 영혼의 슬픈 사랑』2집을 출간했다. 그리고 또 한 권의 책 출간을 이렇게 앞두고 있다.

　정신없이 지나가는 바쁜 날들이었지만 그래도 밤이면 연주를 하고 노래를 부를 수 있는 나의 공간이 있어서 행복하다. 서울의 1류 무대가 아닌 여기 3류 무대면 어떤가. 나는 오늘도 내가 좋아하는 열정의 노래를 이렇게 부르고 있는데… .

나는 대학교 재학 중에 詩집 『나 다시는 당신을 그리 슬피 보내지 않으렵니다』
1집과 『내 영혼의 슬픈 사랑』 2집을 출간했다.
그리고 또 한 권의 책 출간을 이렇게 앞두고 있다.

미완의 꿈

당신은 타인   Slow GoGo.

작사 : 박남춘

작곡 : 박남춘

노래 : 윤종관

1.
사랑해 사랑했어도 당신은 타인.
버리고 떠났기에 무정한 타인.
이제는 두 번 다시 돌아 올 수 없는 님
행복도 눈물 속에 사라져가고
상처만 남긴 당신 당신은 타인.

2.
못 잊어 가슴 아파도 당신은 타인.
소식도 없는 사람 무정한 타인.
그 언제 만나려나 기약 없는 이별에
사랑은 파도처럼 부서져 가고
눈물만 남긴 당신 당신은 타인.

나는 오늘밤도 기타를 연주하며 오르간을 연주하며 노래를 부른다.
제목 : 당신은 타인.
이 노래는 Slow GoGo 리듬의 마단조(Em)며 가사가 참 가슴 아픈
노래다.
옛날. 첩첩산중의 강원도 산골소년은 서울하늘을 바라보며 꿈을
꾸었다. 그리고 어느 날 고개를 넘어서 덜컹거리는 버스에 나를 실

었다. 홍천에서 서울로 가는 직행버스를 갈아타고 마장동 터미널에서 내렸다. 그리고 찾아간 곳이 종로의 작곡가 사무실이었다.

인생은 참 묘한 것. 가수의 꿈을 안고 상경한 나는 어쩌다가 연주자의 길로 들어섰다. 그리고 기억조차도 할 수 없는 수많은 세월이 어느새 내 앞에서 지나가버렸다.

"종관아! 한번 왔다가거라."

80세의 작곡가 선생님에게서 전화가 걸려왔다. 그동안 인연을 끊지 않은 덕분이다.

"이 곡은 내가 아끼는 노래야. 네가 연습해서 기념CD로 남겨라."

나는 지금 선생님하고 이 노래를 연습하고 있다.

"그게 아니야. 목에 힘을 빼고 배를 들여 밀고 끝을 날려. 노래는 목으로 부르는 것이 아니야. 그리고 이 노래는 애절한 노래야."

팔순의 선생님 피아노 반주에 맞추어 수없이 노래를 불렀다.

"이제 조금 잡혀간다. 올 가을에는 만들어 보자."

선생님의 반가운 목소리가 나를 설레게 한다.

하지만 나의 꿈은 미완성으로 남을 것이다. 그동안 너무도 많은 세월이 흘러갔다. 돌아갈 수 없는 스무 살 나의 청춘은 오늘도 7월의 마지막 밤을 미완의 애절한 노래로 마감하고 있다.

chapter 04

추억이 되어

계절은 다시 5월이 시작되고 있었다.
우리 중어중문학과 1년 살림의 재원을 마련하는 일일호프가 다가오고 있다.
나는 여기에 내 모든 능력을 올인했다.
사회 친구는 물론 내가 아는 지인들도 여기에 초대했다.
각 학년 임원들에게도 오늘 이 행사의 중요성을 심각하게 부각시켰다.

−본문 중에서.−

잊지 못할 한국방송통신대학교

나는 산골의 가난한 농부의 아들로 태어났기에 대학교 진학의 꿈을 포기해야만 했습니다. 그리고 또 다른 나의 꿈도 하나 둘 흘러가는 강물에 던져버려야만 했습니다. 하지만 늘 가슴 한 켠에 머물고 있는 배움이라는 미련에 승복하여, 어느 날 나는 한국방송통신대학교의 문을 힘차게 밀고 들어섰던 것입니다.

아직 봄이 오지 않은 추웠던 겨울. 먼저 입학 하여 이미 선배가 되어버린 고등학교 동창생의 권유로, 나는 때 늦은 내 인생의 그림을 파란색으로 다시 색칠을 시작했습니다. 나는 평생교육을 지향한다는 배움의 터에 그렇게 들어섰습니다.

이른 봄날. 신입생 환영회를 시작으로 캠프파이어의 불꽃을 가슴에 담으며 나의 대학교생활은 설레게 다가오고 있었습니다. 신입생의 임원이 되어 앞에서 갈등하고 화해하며 나는 사람이 살아가는 또 다른 방법을 배우고 있었습니다.

그랬습니다. 세월이 흘러갔어도 나는 열아홉 살에 머물고 있었습니다. 처음 만나는 많은 사람들과 세대를 초월하여, 어깨를 같이하고 얼굴을 마주하며 여름날 쏟아지는 빗물에 가슴을 적시고 있었습니다. 바람에 지는 가을의 낙엽을 밟으며 캠퍼스를 물들이고 있었습니다.

다시 많은 시간이 지나갔습니다. 어느 날인가 나를 보니 나는 또 다른 세상에서 그렇게도 힘차게 살아가고 있었습니다. 차마 하지 못했던 많은 것을 다시 소망하게 되었고, 그 하나들은 가슴이 벅차도록 행복하게도 내 앞에 가까이 와 있었습니다.

　이제는 추억이 되어 멀어지고 있습니다. 하지만 이렇게 나는 여기, 한국방송통신대학교에 진학하여 나의 인생에 진보적인 변화를 주며 열심히도 살아왔습니다. 그래서 나는 잊을 수가 없습니다. 우리 한국방송통신대학교를… .

학교에서 김성곤 교수님과.

1학년이 되어

한국방송통신대학교 인천지역대학교. 신축한 지금의 학교가 아니다. 나는 예전의 학교에서 입학을 하고 신입생환영회를 맞이하였다. 그리고 1학년을 마치고 2학년이 되면서 새 학교로 이사를 왔다.

2월의 추위가 매섭던 날 저녁, 나를 여기 학교로 인도하여 선배가 되어버린 고등학교 동창생인 여자 친구와 함께 신입생 orientation에 참석했다. 이 친구로부터 학생회 부회장 구경완 선배를 소개 받았다.

orientation. 설레는 마음으로 여기에 온 나에게 신입생 환영회는 기대를 저버리지 않았다. 중어중문학과 동아리, 보컬그룹 동틀녘도 연극동아리 구천성도 실로 수준급이었다. 뒤풀이에서의 처음만나는 낯선 얼굴들, 그리고 마주하고 기뻐하며 높이 들었던 막걸리 한 잔도 한창수 교수님과의 첫 만남도 참으로 기억에 남았다.

수업이 시작되었다. 미모의 처녀, 최미나 선생님의 중국어 발음을 따라하며 나는 500명이 입학하여 150명이 나오는 스터디 교실에서 외국어를 배우고 있었다. 그리고 나는 부대표라는 임원을 맡았다. 이것을 시작으로 보컬그룹 동아리 동틀녘에도 가입했다. 그뿐만이 아니다. 국어국문학과 동아리 별뫼 문학에도 가입했다.

나의 때늦은 대학교생활. 몸이 열 개라도 모자랄 지경이었다. 시간이 부족해서 운영하는 가게 하나를 아예 정리했다. 나는 이렇게 시작부터 학교생활을 의욕이 넘치게 출발했다.

3월이 되니 더 바빴다. 강화 수련원에서 중문학과 MT가 있었고 더 멀리 강원도에서 동틀녘의 MT도 있었다. 그리고 얼마 후, 1학기 시험과 주안의 야경이 한눈에 내려다보이는 높은 빌딩 경향프라자에서 일일호프와 학교 체육대회가 쑥골 운동장에서 있었다.

꽃이 피고 지고 창밖에 비가 내리더니 어느새 1학년의 마지막인 기말고사도 끝났다. 이렇게 나의 대학교 1학년은 즐겁고 행복한 기억을 가슴에 남기고 지나가 버렸다.

다시 2학년이 시작되었다. 나는 중어중문학과 문체국장이라는 임원을 맡았다. 그리고 2학년의 마지막 행사인 鵬程萬里祭와 인천 中文人의 밤을 준비하며 돌아올 3학년을 기다리고 있었다.

강원도에서 동틀녘 MT.

학생회장

한국방송통신대학교 인천지역대학교 중어중문학과 제17대 학생회장.

나는 3학년이 되면서 학생회장에 출마했다. 그리고 치열한 경합 끝에 중어중문학과 제17대 학생회장에 당선되었다.

2003년 1월 12일. 새 학기가 시작되기 전이다. 학교에서 전임 이임식과 신임 취임식이 있었다.

참 바쁜 날들이었다. 1년 동안 우리 중어중문학과를 이끌어가야 하는 임원들을 선출해야 하고 곧 다가오는 신입생환영회도 준비해야 했다.

나의 학교생활 중에 잊지 못할 많은 추억들이 이렇게 시작되고 있었던 것이다.

학교 학과사무실에서.

신입생 환영회

이제 1년 동안 나하고 같이 중어중문학과를 꾸며갈 임원도 선출하였다. 그리고 2년의 학교생활을 경험으로 나는 오늘 이 행사를 준비했다.

2003년 3월 2일. 내가 학생회장이 되어서 처음으로 맞이하는 행사, 우리 중어중문학과 신입생 환영회 날이다.

신입생과 편입생 그리고 재학생도 많이 참석했다. 동문과 외부인사도 초대했다. 교수님과 인천시장님도 오셨다. 7층의 넓은 행사장이 가득했다.

이렇게 하여 중어중문학과 제17대 학생회의 첫 행사를 성황리에 마쳤다. 학교에서의 간단한 다과 외에도 별도의 음식점을 예약하여 뒤풀이도 참 즐겁게 이어졌다.

환영사

_중어중문학과 학생회장 윤 종 관

거대한 대륙의 변화하는 현실에 동참하고자, 용기있게 우리 중어중문학과를 선택하신 한국방송통신대학교 인천지역대학교 신입생 편입생 여러분! 오늘 입학을 기쁜 마음으로 환영합니다.

이제 우리는 역사 속에서도 미래에서도 그 위상과 저력이 세계를 중심하는 중국의 학문을 익혀야 합니다. 그러기에 13억이라는 박동

속에서 당당하게 대한민국의 위상을 드높이고자 그 첫발을 이렇게 내딛었습니다.

옛말에 "시작이 반이다."라는 말이 있습니다. 우리학교는 대한민국에서 가장 큰 대학교이며, 또한 우리가 살아가며 반드시 알아야하는 人生을 배울 수 있는 그런 학교입니다. 하지만 졸업까지는 많은 인내와 노력이 필요하기에 졸업은 더욱 값지고 빛나는 것입니다.

오늘 "한국방송통신대학교."라는 또 다른 문을 연 신입생 편입생 여러분! 부디 오늘의 이 벅찬 각오를 잊지 말고 건강하고 활기차게 대학교생활 하시기를 바랍니다. 그리고 많은 꿈들을 하나 또 하나 그렇게 우리 한국방송통신대학교에서 실현해나가기를 바라겠습니다.

2003년 03월 02일.
한국방송통신대학교 인천지역대학교
중어중문학과 제17대 학생회장 윤 종 관.

학교 학과사무실에서 신입생환영회 briefing 하는 노금숙 총무국장.

MT를 준비하며

   신입생환영회가 끝났다. 그리고 신입생도 재학생도 수업이 시작되었다. 하지만 나는 3학년 수업에 들어갈 수 없을 만큼 여전히 바빴다. 돌아오는 또 하나의 큰 행사 MT를 준비해야하기 때문이었다.

   임원들과 회의를 하고 프로그램을 짜고 초대장도 만들었다. 대형 대절버스도 2대를 섭외해 놓았다. 그리고 나는 MT를 가기로 한 송추 유스호스텔로 학과 총무국장과 1학년 임원을 데리고 현지답사를 갔다.

   화사한 봄의 오후. 가는 도중에 장흥에서 임원들과 잠시 마주 앉아서 대화를 나누며 늦은 점심식사를 했다. 그리고 다시 꼬불꼬불 장흥 고개를 올라가서 양쪽이 시원하게 트인 산 정상에서 멈추었다.

   행사를 하기에는 참 좋은 장소였다. 건물 앞에는 넓은 주차장과 캠프파이어를 할 수 있는 준비가 되어있었고 짧은 등산로도 있었다. 저 아래 우측의 장흥거리도 좌측의 넓은 호수도 한눈에 들어왔다.

   실내도 마음에 들었다. 200여 명이 사용할 수 있는 넓은 공간이었다. 기본 식사 외에도 바베큐와 고기를 요리할 수 있도록 준비가 되어있고 무대 음향시설과 조명도 완벽했다. 잠을 잘 수 있는 방도 전망이 참 좋았다.

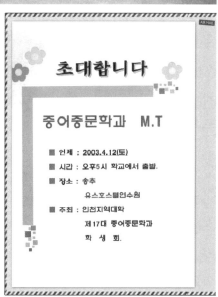

초대합니다

중어중문학과 M.T

■ 언제 : 2003.4.12(토)
■ 시간 : 오후5시 학교에서 출발.
■ 장소 : 송추
　　　유스호스텔인수원
■ 주최 : 인천지역대학
　　　제17대 중어중문학과
　　　학 생 회.

유스호스텔

2003년 춘계MT. 임원들의 홍보가 잘되어서 반응이 좋아 참가인원이 많았다. 대형 대절버스 2대가 만원이었다. 그 외에도 자가 운전자와 대중교통을 이용한 학우와 동문, 그리고 서울 학생회임원들과 타 학과 학생회장들이 참석하여 축하해주었다. 안병국 교수님도 오셨다.

어둠이 내린 장흥 고개. 불빛이 찬란한 저 아래 송추를 바라보며 우리도 선발대가 미리 와서 준비한 캠프파이어에 불을 붙였다. 손을 잡고 가슴을 열고 우리의 밤은 그렇게 설레게 시작되고 있었다.

1부 행사를 마치고 다시 3층 실내로 올라왔다. 저녁 식사와 200여 명이 어우러져 즐거운 2부 행사가 이어졌다. 음악소리가 흥겹고 조명도 빙글빙글 돌아갔다. 특별히 섭외한 프로 레크레이션 사회자의 순발력 있는 진행으로 장기자랑이 시작되었다. 무대가 환호성으로 뜨거웠다.

밤이 깊어갔다. 조별로 나누어져 각 방에서 이어지는 3부 행사는 시간이 가는 줄도 모르고 즐거웠다. 이른 아침, 창문을 여니 3월의 눈송이가 하늘에서 펄~ 펄~ 내리고 있었다.

아침식사를 하고 잠시 개인 시간과 휴식이 있었다. 그리고 노금숙 총무국장이 진행하는 아래층 강당에서 흥겨운 레크레이션이 이어졌다.

시간은 참 빨리도 지나갔다. 우리는 다시 돌아갈 시간을 앞에 두고 여기서 단체 기념사진을 찍고 있었으니…

1호차와 2호차 대절버스 2대가 시동을 걸었다. 김광태 학과 고문 님이 기증한 200개의 귀한 선물을 학우들에게 전달하고 나도 1호차 에 몸을 실었다. 우리를 실은 대절버스는 꼬불꼬불 장흥 고개를 내 려가고 어느새 야인시대 세트장을 지나서 어제 그 자리 다시 학교 앞에 도착했다.

　　그랬다. 나의 때늦은 대학교생활은 이렇게 나를 다시 열아홉 살 로 돌려놓았다. 메마른 가슴에 꽃비를 내리며 지쳐버린 나에게 꿈 을 안고 다가오고 있었다.

　　즐거웠던 송추의 밤.

운영위원

한국방송통신대학교 인천지역대학교 제19대 운영위원. 우리 중어중문학과 MT가 끝나고 이제는 타 학과 MT가 시작되었다. 정신이 없다. 초대받은 19개학과에 참석하며 나는 그렇게 즐거운 3월을 보내고 있었다.

그것뿐만이 아니었다. 우리 중어중문학과 전국 행사며 총학생회 행사며 아무튼 이렇게 바쁘고 행복했던 날은 없었던 것 같다. 그래도 나는 빠짐없이 참석하며 다시는 오지 않을 오늘을 값지게 만들어 가고 있었다.

계절은 다시 5월이 시작되고 있었다. 우리 학과의 1년 살림의 재원을 마련하는 일일호프가 다가오고 있었다. 나는 여기에 내 모든 능력을 올인 했다. 사회 친구는 물론 내가 아는 지인들도 여기에 초대했다. 각 학년 임원들에게도 행사의 중요성을 심각하게 부각시켰다.

인천지역대학교 제19대 운영위원.
타 학과 일일호프에서 한 잔 하고.

일일호프

2003년 5월 31일. 오늘은 우리 중어중문학과 일일호프 행사가 있는 날이다. 이 행사는 단합의 목적 외에도 우리학과 1년 동안 운영할 수입이 창출되는 중요한 행사 중의 하나다. 그러기에 나는 여기에 내가 할 수 있는 능력을 최대한 발휘하였다.

임원들이 준비하며 홍보하며 고생을 참 많이 했다. 초대권도 어느 정도 기본은 미리 각 학년을 통해서 판매가 되었다. 하지만 오늘의 행사를 성공으로 마감하기 위해서는 순전히 나를 포함한 임원들과 현장에서 움직이는 학우들 몫이다.

나는 친구와 사회에서 알게 된 지인들도 여기에 초대했다. 그들은 기꺼이 나를 축하해주었다. 우리학과에서 자주 이용하던 음식점이며 호프집이며 그리고 문구점과 인쇄소까지 나는 초대를 했다. 이것이 학생회장인 내가 해야 할 의무라고 생각했기 때문이다.

예상대로 행사는 성황리에 진행되고 있었다. 학교 옆 2층에 마련한 장소 100여 평의 라이브까페는 자리가 부족했다. 학우들의 발랄한 공연과 3인조 혼성그룹 라이브 초청공연도 있었다. 나도 오늘을 위해 동인천 차이나타운 의상실에서 특별히 준비한 베이지색 차이나 의상을 입고 무대에 섰다.

『이제는 두 번 다시 사랑 때문에 울지 않으리. 이제는 두 번 다시 나는 너를 보내지 않으리…』

악기 연주와 노래 부르기를 좋아하는 나는 이 무대에서 열창을 했다. 그 당시 한창 히트하던 노래다. 장르가 경쾌하지만 어딘가 한

구석에 애절함이 어려 있는 마단조[Em] 곡의 노래다.

고마운 학우들. 시간이 자정을 지나 행사를 마감하며 나는 눈물이 핑 돌았다. 주방에서 홀에서 그리고 카운터에서… 그들은 참 힘들었을 오늘 하루에도 얼굴이 웃고 있었다. 나를 위해 학과를 위해 애써준 그들에게 나는 별도의 뒤풀이를 준비했다. 그리고 뜨거운 내 가슴을 전한다.

2003년도 일일호프 결산서

- 일 시 : 2003년 5월 31일
- 장 소 : 인천지역대학 옆 카멜레온 라이브까페

입 금		지 출	
내 역	금 액	내 역	금 액
1학년 티켓판매분	970,000	호프 장소대여비	950,000
2학년 티켓판매분	1,180,000	주류(맥주)구입비	855,400
3학년 티켓판매분	1,000,000	주류(양주)구입비	234,000
4학년 티켓판매분	780,000	음료,우유등 구입비	45,600
회장님 판매분	1,090,000	마른안주류구입비	659,420
당일 현찰판매분	223,000	과일류 구입비	254,900
동문회 찬조	200,000	야채및 식품구입비	100,500
1학년 정점섭학우찬조	50,000	양념및소스류구입비	88,070
1학년 송주연학우찬조	50,000	주방용소모품기구입비	117,730
1학년 임채숙학우찬조	50,000	복리후생및기타참비	395,910
2학년 김시만고문찬조	100,000	문구,인쇄, 복사, 우편요금외	135,690
2학년 김제업고문찬조	100,000		
2학년 오상덕학우찬조	170,000		
이상권필름고문찬조	200,000		
91학번 한상욱동문찬조	100,000		
12대회장 박혜원찬조	100,000		
입 금 합 계	6,363,000	지 출 합 계	3,837,220
		차 감 잔 액	2,525,780

고마운 학우들.
힘들었을 오늘 얼굴이 웃고 있다.

적과의 동침

일일호프가 끝나고 잠시 여유가 있는 가 했더니만 다시 학교행사 월미축제가 돌아오고 있었다. 그리고 출석 수업과 1학기 기말고사에 이어 체육대회도 날짜가 잡혔다. 임원들과 회의를 하고 연습을 하고 비가 내리던 날 예선전이 있었다. 여기서 중요한 학우 한 명이 등장한다.

정재조. 나이가 나보다는 몇 살 아래다. 1학년부터 나하고 학년 대표 자리를 놓고 임원 경쟁을 하며 보이지 않는 그 무엇의 대결을 하는 그런 관계였다. 적과의 동침이 시작되는 순간이다.

이날 예선전의 정재조 학우 동참을 계기로 나는 이 학우를 공석이던 우리 중어중문학과 문체국장에 임명했다. 그리고 이 학우는 차기 나의 후임이 되었다.

그 기막힌 인연으로 인하여 우리는 4년 만에 졸업을 하지 못하고 졸업도 늦게 나하고 같이하는 그런 운명 같은 만남으로 이어졌다. 그리고 정재조 학우는 졸업 후 오늘까지도 나하고 좋은 관계를 유지하고 있다.

그렇게 학교 체육대회가 끝나고 나니 다시 우리 중어중문학과 전국 학생회 하계 임원 수련대회와 전국 어학경시대회가 돌아 왔다. 혜화동 대학본부에서 대동제(서울축제)도 있었다. 2학기 출석수업과 중간시험도 돌아오고 있었다. 그뿐만이 아니었다. 총학생회에서 주최하는 학교 19개학과 운영위원 MT도 있었다.

참 정신없이 바쁘게도 1년이 이렇게 지나가고 있었다. 나는 우리

3학년 수업에 들어가 본 지가 언제인지 기억도 없다. 제 날짜에 졸업하는 것은 확실하게 물 건너갔다. 그래도 때가 되면 돌아오는 시험은 열심히 보고 있었다. 어찌하든 한 과목이라도 넘어가야 하기 때문이다.

적
과
의
동침이
시작되는 순간이다.

나의 성적표

　1학년. 참 바쁜 날들 이었지만 그래도 열심히 공부했던 기억이
난다. 내가 자만했던 국어에서 F학점을 받았고 컴퓨터의 이해 과목
도 간신히 과락을 면했지만… 교양과목인 이 두 과목은 전혀 공부
를 하지 않고 시험을 보았기 때문이다.

　지금 돌아보니 후회가 된다. 4학년까지 1학년 때의 초심 그 마음
으로 학습에 전념했다면 더 좋았을 것을… 하지만 학생회 일을 한
덕분에 많은 추억을 만들었다. 사람들 속에서 학우들 곁에서 수없
이 번민하며 나는 사람이 살아가는 또 다른 방법을 하나 더 배웠다.

　그랬다. 많은 세월이 지나간 지금에 와서 다시 돌아보니, 그날이
그립고 아쉽고 모두가 아름다운 한 폭의 그림이 되어 다시 내 앞에
펼쳐진다. 낙서가 즐비했던 손때 묻은 책상도… 바라보며 즐거웠던
교실에서의 학우 책을 펼쳐놓고 공부하던 얼굴도… .

학 업 성 적 표

학 번	200112-114163		성 명	윤종관		교 과 목 별 성 적 내 역		
1 학년		2001 학년도		1 학기				
교과구분	교 과 목 명			학점	성적	비 고	기말 출석 중간		합 계
교양	국어			3	F		24 28		52
교양	세계의역사			3	B-		50 30		80
전공	초급중국어 1			3	A+		70 28		98
교양	컴퓨터의이해			3	D-		38 22		60
전교	중국문화개관			3	B0		62 24		86
	이하여백								

신청학점	취득학점	평점합계	평점평균	취득총학점	교	양 전 공	일반선택	학 점 계	평점평균
15	12	32.1	2.7	내 역	9	3	0	12	2.7

낙서가 즐비했던 손때 묻은 책상도…

마지막 행사

歲月은 流水와도 같다고 하더니만 정말 빠르다. 어느새 또다시 1년이라는 날들이 하룻밤의 꿈처럼 지나가버렸다. 기뻐하며 갈등하며 참 정신없이 바쁘게도 가버린 그날을 돌아보며 오늘 나는 학생회장으로 마지막 행사를 준비하고 있다.

鵬程萬里祭와 인천 中文人의 밤. 이 행사는 재학생 행사이며 우리 중어중문학과 한 해를 마무리하는 축제의 자리다. 그리고 차기 학생회장이 탄생하는 선거 투표 날이기도 하다. 나는 오늘의 이 행사를 마지막으로 4학년 학생으로 돌아가서 학업에 전염해야 한다.

한해를 뒤돌아보며…

_학생회장 윤종관

안녕하세요?
어느덧 1년이라는 많았던 날들을 강물같이 흘려보내고
우리는 이렇게 또다시 한자리에 모였습니다.
여러분과 함께 토론하고 갈등하며
힘겨웠던 그날을 이제는 그리운 추억으로
나의 가슴속 한 켠에 남기려고 합니다.
설레임과 두려움으로 학생회장이라는 중책을 맡아
1년의 세월 속에 기쁨과 절망 모두를 체험하면서

제 자신은 많이도 성숙하였습니다.

어려운 여건 속에서도 끝까지 함께 하여준 학우님들과

많이도 애써준 임원들에게 고마움을 전하며,

이제는 여러분 곁에 더 가까이 다가앉아

그동안 소홀했던 학업에 전념하려고 합니다.

학우님들의 가정에 늘 사랑과 평화가 충만하길 바라며

어떠한 어려움이 있더라도 끝까지 남아서,

영광의 졸업장을 가슴에 안고

또 다른 우리의 미래에 도전하길 바랍니다.

여러분! 사랑합니다.

결산 내역서

중어중문학과 학생회장. 예전에는 4학년에서 했었는데 나의 전,
제16대부터 3학년에서 출마하게 되어 나는 내년에 4학년이 된다.
내가 재임해보니 여러모로 불편하다. 전 학생회장은 4학년이고…
현 학생회장은 3학년이고… 그래서 나는 학과회의를 거쳐 회칙을
개정했다. 차기부터는 학생회장은 반드시 4학년에서 할 수 있도록
말이다.

학생회장 후보자로 3학년 여자학우 1명과 문체국장 정재조가 출
마했다. 한동안 치열한 선거운동이 있었다. 당일까지도 우열을 가
리지 못하는 긴박한 상황이 이어지고 있었다.

행사가 끝나고 마지막으로 개표결과가 공개되었다. 몇 표 차이로
문체국장 정재조가 당선 되었다. 이렇게 해서 우리 2001학번에서
는 제17대 학생회장과 제18대 학생회장이 탄생하는 학과에 길이 남
을 사건이 되었다.

학생회장으로 마지막 행사를 하며 한 해를 돌아보니 회안의 물결
에 가슴이 출렁거린다. 우리 중어중문학과의 지나간 1년 살림 결산
내역서를 보니 그래도 학우들과 임원들이 열심히 노력한 덕분에 풍
요하게 마무리되었다. 다행이다.

제 17대 학생회 결산 내역서

결산일자: 2003-11-22까지

수 입 금 액	적 요	지 출 금 액	항목세부사항
1,888,764	16대 학생회 이월금		
1,495,009	기타수입		학과지원금, 통장이자,장학금외
5,243,000	일일호프		일일호프티켓판매및 수익금
4,190,000	학과비		1학년(9월)2학년(10월)3학년(8월)4학년(9월)
1,990,000	행사찬조금		각종행사찬조금
2,600,000	M.T 회비		96명 회비수납분
5,510,000	O.T 회비		183명 회비수납분
	도서인쇄비	2,123,980	OT 빨간책외 인쇄,복사외
	수도광열비	200,330	수도, 전기요금외
	운송비	38,000	학과사무실이전시 운반비및 택배료
	임대료	2,500,000	구학과사무실 임대료 3-11월
	찬조및 수수료	1,323,120	행사찬조외 기타행사보조외
	통신비	436,190	전화요금외
	학과사무실운영비	1,225,240	각학년지원및사무실운영
	행사운영비	13,072,750	OT, MT, 일일호프,체육대회등
	지급장학금	229,100	1학년임원지급장학금
22,916,773	합 계	21,148,710	
	차 감 잔 액	1,768,063	

한해를 돌아보니 회안의 물결에 가슴이 출렁거린다.
결산 내역을 보니 풍요하게 마무리되었다.
다행이다.

짐을 벗으며…

이임사

_학생회장 윤 종 관

짐을 벗으며…

지난 한 해는 나의 생애에 너무나도 소중하고 값진 한 해였습니다. 꽃을 안고 우리 중어중문학과의 밑그림을 스케치하며 송추 MT에서 저 아래 장흥의 화려한 불빛을 바라보았습니다.

학우님들과 어깨를 마주하고 아침이 오도록 즐거웠던 송추의 밤… 술잔을 높이 들고 동문 선배님들과 행복했던 일일호프… 이제는 그 많은 추억과 그리움을 뒤로한 채 학생회장이라는 중책을 후임에게 넘기고 본연의 자리로 돌아갑니다.

잠시나마 힘겨웠던 시간도 외로웠던 시간도 나의 능력 부족이었습니다. 깊이 돌이키고 반성하며 거울삼아 내일을 살아가겠습니다.

그동안 미력한 본인을 끝까지 보필하여준 강동일 수석부회장, 노금숙 총무국장, 박선영 학습국장, 바쁘신 중에도 학과 홈페이지를 관리하여주신 최수재 학우님, 그리고 많이 애써준 정재조 문체국장에게 감사의 말을 전합니다. 또한 신입생으로 입학하여 열심히 행사에 참여하여준 1학년 학우님들과 임원님들 그리고 각 학년 임원님들과 학우님들에게도 감사의 말을 전합니다.

학우여! 1년 동안 베풀어 주신 그 많은 배려 잊지 않고 가슴에 오래 오래 간직하고 열심히 살아가겠습니다. 언제 어느 곳에 머물지라도 그대 나의 학우여! 건강하고 행복하기를 간절히 바라겠습니다.

2004년 01월 09일.

학과를 떠나며… 윤 종 관 드림.

노

금

숙

총무국장과의 마지막 업무.

마지막 시험

그동안 내 앞에서 얼마나 많은 날들이 지나가 버렸나. 돌아보니 꿈에서 깨어난 듯 아련하다.

2007년 7월 1일. 오늘은 1학기를 마치는 기말고사. 이번에는 끝을 내야지. 늘 그랬듯이 이번에도 시험을 앞두고 며칠 전에서야 책을 펼쳐놓고 밤을 새웠다.

마지막 남은 2과목의 6학점. 나는 비장한 각오로 학교 고사장에 들어섰다. 평소에 열심히 할 것을. 감독관이 출석을 부를 때까지 예상문제를 보고 있었다.

친구의 권유로 어쩌다가 들어선 한국방송통신대학교 중어중문학과. 1학년부터 임원을 시작으로 3학년에는 학생회장을 역임했다.

신입생환영회 그리고 꽃이 피던 날 밤새 즐거웠던 송추에서의 MT. 지금도 그립도록 떠오르는 학교 옆 2층 라이브에서의 일일호프. 이제는 모두가 돌아올 수 없는 추억이 되어 내 가슴에 남아있다.

그래도 어딘가. 함께 입학을 했던 500여 명의 학우들 중 10%의 졸업생에 내가 있으니…

이것이 인생일 테지. 살아가는 이유가 없고 목표가 없는 삶이란 그저 동물과 다를 것이 없을 테지. 10년이면 어떤가. 나이가 들어가면 어떤가. "공부하는 사람은 언제나 청춘이다."라고 했는데…

시험을 마치고 휘파람을 불며 나의 3층 집으로 돌아왔다. 시험을 쉽게 잘 보았기 때문이다.

컴퓨터를 몇 번째 켜서야 학교 홈페이지에 정답이 올라왔다. 나는 환호성을 지르며 시험지를 허공으로 날려버렸다.

6년 6개월의 길었던 시간이 지금 내 앞에서 한순간 연기처럼 흩어지고 있었다. 하지만 4년제 대학교를 남들보다 2년6개월이나 더 다녔으니 누구에게 자랑을 할 수도 없다.

졸업 하는데 너무 많은 시간이 지나가버렸지만 그래도 낙오되지 않고 끝까지 오게 되어 기쁘기 그지없다. 나에게 졸업은 또 다른 희망의 시작이다. 우리의 인생에 나의 인생에 졸업이란 없다. 나는 다시 더 넓은 세상에 도전하련다.

나를 철들게 했던 우리 한국방송통신대학교. 나는 여기를 영원히 잊지 못할 것이다.

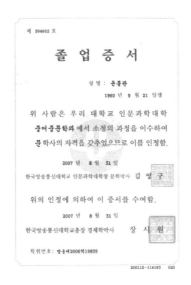

나는 멀리에 있던 여기에 왔다.

동문이 되어

시작이 반이라고 했던가. 나는 그렇게도 다니고 싶었던 대학교를
기어이 나의 힘으로 마쳤다. 먼 곳은 멀리에 있는 줄만 알았는데 어
느새 내가 여기에 왔다. 나는 이제 동문이 되어서 재학생의 학교 행
사에 참석하게 된다.

오늘은 제17대 학생회장으로 신입생 환영회에 초대를 받았다. 나
의 신입생 시절을 떠올려보니 감회가 새롭다. 설레는 마음으로 대
학교생활을 시작하려는 후배들을 보니 나도 다시 가슴이 고동친다.

행복했던 나의 대학교생활은
나의 가슴에 꽃비를 내리며
여름날의 무지개처럼 그렇게 지나가버렸다.

지난 날의 흔적

　일요일 오후. 늦잠에서 일어났다. 나의 3층집 창문을 여니 맑은 하늘에 눈이 부시다. 나는 정신이 번쩍 들도록 차가운 물에 샤워를 했다. 그리고 아침 겸 점심식사를 했다.

　어느새 몇 년의 세월이 훌쩍 지나가 버렸다. 책장을 정리하며 이제는 추억이 되어버린 지난 날의 흔적을 열어본다. 참 즐거웠고 행복했던 나의 대학교생활… .

감사패

학생회장 윤 종 관

귀하께서는 제17대 학생회장으로 재임하시는 동안
투철한 사명감으로 중어중문학과의 발전과 명예를 위하여
그 뜨거운 학생정신으로 봉사 하였기에,
감사의 마음을 이 패에 담아 드립니다.

2004년 1월 9일.

한국방송통신대학교
인천지역대학교 중어중문학과 재학생 일동.

잊지 말라고

　나의 대학교생활은 나에게 많은 것을 주었다. 모르던 낯선 얼굴
의 학우를 우정의 벗으로 만들어 주었고, 삶에 지쳐있던 나의 일상
에 활력소를 주었다. 그리고 이렇게 잊지 말라고 그날의 웃는 얼굴
을 지워지지 않는 사진으로 남겨주었다.

我
　的
　　朋
　　　友
　　　　。

나의 학교생활을 마치며.

이제 나에게는 아스라이 멀어져간 추억이 되어버렸습니다. 많은 세월이 지나간 지금에 와서 다시 돌아보니 꼭 어제 같은 나의 학교생활들이… 하지만 이제는 돌아올 수 없는 그날의 기억을 가슴에 안고 나는 오늘도 바람 부는 이 세상에서 열심히 살아가고 있습니다.

언제였던가. 학생회장이 되어서 바쁘다는 핑계로 공부를 하지 않아 4학년이 되어서야 3학년 과목을 이수했던 날이… 그리고 다시 1년이 지나서야 후배님들과 4학년 수업을 함께 듣던 날이… 그래도 지금은 뜨거웠던 그날의 내 얼굴이 장하고 그립도록 떠오릅니다.

길었던 나의 대학교생활. 이렇게 몇 편의 글로는 모두 표현할 수 없지만, 즐거움과 외로움이 함께하던 그날은 나에게도 시련이 있었습니다. 가슴이 터지도록 기뻐했던 날도 있었습니다.

우리 한국방송통신대학교 후배님들! 어떤 시련이 있을지라도, 얼마의 시간이 더 걸릴지라도, 내가 했던 그날처럼 절대로 학업 포기하지 마시기를 바랍니다. 나처럼 그렇게 즐거운 학교생활 하시기를 바랍니다. 그리고 꼭 빛나는 졸업장을 가슴에 안고 더 넓은 세상에 다시 도전하시기를 바랍니다.

나는 지금 행복합니다. 전장 같은 현실의 삶에 어깨가 무겁지만, 그래도 내가 좋아하는 연주를 하며 노래를 부르며 나는 지금 행복하게 살아가고 있습니다. 가끔은 낯선 곳의 쓸쓸한 여행을 하며 나의 가슴에 분홍색의 일기를 쓰며 나는 지금 그렇게 살아가고 있습니다.

"공부하는 사람은 언제나 청춘이다."라고 했습니다. 아프지 말고 늙지도 말고 언제까지나 청춘으로 살아가시기를 바랍니다. 그리고 지금보다도 더 많이 행복하게 살아가시기를 바랍니다.

2014년 03월 30일.

한국방송통신대학교 인천지역대학교 중어중문학과 2001학번 윤 종 관.

공부하는 사람은
언제나 靑春이다.